Kadokawa Fantastic Nov
食鍋末世錄
3
都市生命體「東京」
瘤久保慎司
SHINJI COBKUBO
PRESENTS

BISCO

A BOY WITH A BOW RUNNING THROUGH THE WORLD LIKE A WIND.

S A B I K U

THE WORLD BLOWS THE WIND ERODES LIFE.

「看招——」

「我叫阿波羅……簡單來說，
我是來消滅你們的。」

「用我們的意志攻破『東京』!」

「終於輪到咱倆大顯身手啦。
加把勁吧！」

[插畫] 赤岸K

[世界觀插畫] mocha (@mocha708)

The world blows the wind erodes life.

A boy with a bow running

through the world like a wind.

從現在起，畢斯可、美祿！

阻礙人類的過去之牆已然倒塌，

你們面前只剩下尚未開發的未來，

延續到永遠。

明天……

真正的明天，就從現在，

從你們開始！

各種蕈菇裝飾而成的藤冠，戴在美祿天藍色的頭髮上。超乎想像的重量使他有些驚訝，微微睜大眼睛。

夜晚的村落燃著許多篝火，寧靜中帶著莊嚴肅穆之感。蕈菇守護者們圍坐在四周，盯著長老和跪在他面前的新進蕈菇守護者。偶有幾個幼童指著美祿嘻笑，隨即被母親制止。

「咿的、哼哼、嗯喔嗯，」

「你的生命使鏽蝕畏怯。」

「……嘿道路嗨、咿，」

「願道路在你前方開展。」

牙齒掉光的長老邊說，一旁的巫女邊複述給美祿聽。但她每次都不等長老說完就搶話，使長老面露不悅。然而見到清秀的新進蕈菇守護者嚴肅地低著頭，長老滿意地點了點頭，轉向身後的年輕人。

「章魚！」

他喊了一聲。

（……章、章魚？）

美祿之前聽賈維與畢斯可說的儀式流程只到這裡，出乎意料的發展使他不禁抬起頭來。接著便有一群年輕人扛著草木和皮革編成的巨大章魚走進儀式會場。

「自古以來，人們都說章魚是螃蟹的天敵。所以用蕈菇將它打倒，就代表你是個獨當一面的蕈菇守護者……這是長老不久前才加的流程。」

「用弓……射倒那東西嗎？」

「對。反正這只是餘興節目，就算你射出的蕈菇沒開，大家也只是笑笑就算了，放輕鬆。」

褐色皮膚的巫女將那美麗的臉靠近美祿，輕聲說道。廣場中央的大章魚在篝火的火星照耀下，張開八爪像要撲向美祿一般。

（……哇，好逼真。）

蕈菇守護者擅長工藝，精緻的造型令美祿看傻了眼。當他這麼想時，巫女將幾支箭和一把綠色短弓遞給了他。

美祿環顧四周，圍觀的蕈菇守護者雖然安靜，卻都難掩興奮之情，大人、小孩全都眼睛閃閃發亮，盯著美祿的一舉一動。

美祿被這氣氛嚇到，吞了吞口水，回頭一看。

後方有座高臺，上頭坐著他的兩個同伴。

少女晃著粉紅色水母辮，開心地揮了揮手。一旁的紅髮搭檔看都沒看美祿的儀式，專心讀著手中的漫畫。

紅髮感覺到美祿帶刺的視線，抬頭與他對望後，僅看一眼就明白狀況，滿不在意地朝大章魚抬了抬下巴。

（……那個笨蛋！）

美祿懷著對搭檔的怒氣，將箭搭上綠色短弓用力一拉。弦嘰嘰作響，村民見到那與纖瘦身體不相符的強大臂力，隨即躁動起來。

「……嘶！」

美祿睜大眼睛瞬間停止呼吸，跳至空中俐落完成任務。他僅跳了一下，三支箭便連成直排，插在大章魚腦袋上。

「喔喔！」「哇啊！」「好厲害！」

蕈菇守護者同聲叫喊，鴻喜菇也在這時綻放開來，將大章魚的骨架彈飛，「啵、啵、啵！」的聲響掩蓋了叫喊聲。

發芽的力道讓長老摔了一跤，幾個年輕人連忙接住他，他卻開心地拍手。

「美祿！」

長老喊道。

「美祿！」「美祿、美祿！」

眾人附和長老，呼喊著新進蕈菇守護者的名字，簇擁上來。美祿在一陣推擠下被年輕人抬了起來，纖瘦的身體慘遭多次拋接。

「哦！新的蕈菇守護者來啦……啊、哈哈哈！美祿，你的頭髮！」

愛熱鬧的蕈菇守護者慶祝下來沒完沒了，美祿好不容易從他們手中逃離，皺著一張熊貓臉，頻頻撫著豎起的頭髮。

「跟賽亞人一樣，讚喔！他們也是一見到滿月就會變成熊貓。」

「是變成巨猿！」

「怎麼生氣了？你很帥耶！長老也很高興。」

「畢斯可說這場儀式很重要，我才參加的，結果你連看都沒看我一眼！」

「我不用看，我是你搭檔啊。」廣場中央飄來巨無霸烤魚的香氣，畢斯可聞到後興奮地站起身來。「我比任何人都了解你，我還親眼見過你解決活的大章魚呢。」

「咦……」

「他說完了。走吧美祿，我們也去吃點東西！」

美祿呆呆望著搭檔的背影，滋露拉起他的手，啪地打了一下他的臉。

「好、好痛！滋露，妳幹嘛？」

「你太容易被赤星糊弄了！抵抗力要再高一點。」

廣場中央烤著整隻的獠牙鰹，畢斯可拿了一盤油脂較多的部位，兩人追在他後頭，挑了個遠離人群的位置坐下，望著蕈菇守護者的慶典抓起魚肉大快朵頤。

兩人於島根的出雲六塔擊敗摩錆天克爾辛哈後，直接前往畢斯可的故鄉，位於四國愛媛石鎚山的「四國蕈菇守護者之鄉」。他們在路上遇到滋露，她已將純金的迦難加神像賣掉，賺到一筆資金，她說想與蕈菇守護者做生意，便搭上芥川，一路同行至此。

畢斯可返鄉後，村民蜂擁而上，如今他不僅是個英雄，更被視為蕈菇之神。村民要他撫摸嬰兒的手與螃蟹的螯，保佑他們身強體壯（滋露和美祿認為被畢斯可摸頭會變笨，所以委婉建議他摸手就好）。大批蕈菇守護者敬拜畢斯可的盛況，好比神社或佛寺。

這種狀況當然讓畢斯可坐立難安。

美祿覺得畢斯可好不容易返鄉，這樣太可憐了，便與畢斯可一起，將他們隨身攜帶的那些黑革的漫畫、動畫、電影等收藏品發給村民，只在意眼前事物的蕈菇守護者注意力馬上被勾走，對畢斯可的興趣也頓時消失。

現在正是如此。美祿的儀式本來要舉行一整晚，但孩子們早就把這件事拋諸腦後，眼睛緊盯廣場上的電視機。

「啊……啊……怎麼會……」

「元、元氣彈明明擊中了……！」

「哈！真羨慕小鬼思想單純，看個動畫也能這麼投入。」

「你看這一幕時，反應跟他們一模一樣啊。」

「……」

「真羨慕你思想單純。」

「你這熊貓混蛋！」

兩名少年宛如野貓似的扭打起來，那些小孩沒理他們，緊盯著動畫的後續。

這時，其中一個從剛剛起就一直亂動的男孩終於忍耐不住，按下暫停鍵站了起來。

「抱、抱歉，暫停一下！我、我要上廁所。」

「搞什麼！悠太，你去幾次了！現在正精采耶！」

「我馬上回來！暫停一下喔！」

那個叫悠太的男孩再次提醒完同伴，便抱起一隻小螃蟹，匆匆忙忙跑到村子的陰暗角落。

那個角落豎著許多石造的蟹地藏像，用以祭祀戰死的螃蟹。悠太憑著初生之犢的膽量，在那裡上了小號。

「……呼——喝太多橘子汁了。夏目，你也要上嗎？」

悠太放鬆下來，向自己的螃蟹問道。螃蟹卻一溜煙從悠太懷裡溜走，跳向面前的蟹地藏，頻頻用螯敲擊石像。

「喂、喂！夏目住手，要是地藏像壞了，我又要被爸爸……嗯、嗯嗯？」

悠太這才注意到，受遠方微光照耀的物體並非地藏，而是一些排列整齊的長方形集合體。

「這……這是什麼？」

那方方正正的外型毫無自然的氣息，與生動的蟹地藏迥異。悠太有些害怕，怯怯地將手伸向物體。

就在悠太的手碰到長方體前一刻……

轟隆！轟隆！轟隆、轟隆、轟隆！

震動有如天崩地裂般襲來，悠太眼前那些蟹地藏上，冒出一根根巨大的長方體。其中一根從悠太前方半步猛然衝出，風壓吹亂了男孩的黑髮。

「嗚哇啊啊……這是什麼啊——！」

聳立的長方體隨著悠太的驚呼亮了起來。長方體上等距排列的窗戶發出白色強光，照亮整座蟹地藏園。

燈光發出「啪滋！啪滋！」的電流爆裂聲，連鎖式地擴散開來，將黑夜照得如同白晝，而蟹地藏園供奉的地藏也碎得慘不忍睹……

地面竄出大小各異的長方體，宛若糾結的樹木向四面八方生長，長方體上的窗戶不規則地亮起。

「嗚、哇啊、啊……！」

那些長方體持續向四面生長，看在悠太眼裡……

就像不帶一點情感，啃食生命後綻放的毀滅之森。

「……要、要趕快告訴大人……！」

悠太抱起愛蟹夏目，壓抑內心的恐懼站了起來。

轟隆、轟隆、轟隆！長方體追著他似的，一一衝破地面。

「哇啊——！」

悠太拔腿狂奔，凶暴的長方體自他身後一根根隆起。其中一座長方體以其尖銳的鋼骨勾住了悠太的衣襬。

「救命啊、爸——爸——！」

巨響掩蓋了悠太的哀號，他嚇得閉上眼睛，這時卻有物體擦過他的臉頰。

咚滋！一支威力十足的箭矢刺進白色牆壁。

「嗚、嗚哇！」

繩箭刺在堅硬的牆上使之大幅龜裂，一道紅色身影迅速捲起繩箭，其大衣隨風飄動，接著那人便「砰！」地跳至牆上。

「畢斯可哥哥！」

「抓緊了，悠太！」

畢斯可用弓的前端將鋼骨敲斷，就地揹起悠太，踩著持續隆起的牆壁躍入夜色之中。

「這些傢伙！竟敢從我們地盤擅自冒出來！」

畢斯可在空中拉弓，翡翠雙眸散發銳利光芒，嘴角冒出火星般的孢子。他將剛訂做好的藍弓拉滿，那把弓從握把處逐漸變為太陽色。

（……食鏽畢斯可！）

悠太屏住呼吸，聽見那把弓發出有如槍聲的「咻砰！」巨響，又看見一道紅色直線帶著殘影貫穿了長方體。

不一會兒……

啵咕！啵咕！太陽般閃耀的食鏽穿破堅壁，從長方體各處竄出。整座長方體瞬間開滿巨菇，它停止隆起，像是耗盡力氣般垂了下來，「砰隆！」一聲落至地面，激起一陣白煙。

「什麼鬼？」

畢斯可回到地面放下悠太，像送伴手禮那般離去前又射了一箭，使食鏽菌絲侵入那些長方體內。他看著長方體逐漸被蕈菇摧毀，卻仍板著一張臉。食鏽雖然有效，但這個他一生從未見過的不明物體還是構成了威脅。

「白色……盒子？好怪，這到底是什麼……！」

「畢斯可！下面！」

搭檔的聲音從後方傳來，畢斯可隨即抱起悠太往旁邊跳開。美祿配合畢斯可敏捷的行動射了一箭，那支箭擦過畢斯可的腳尖刺進地面，「啵嗡、啵嗡！」開出一大片舞菇。

儘管畢斯可腳下冒出的長方體被舞菇壓制，仍拚命向上生長，最終啪地斷成兩截。畢斯可看著白色殘骸墜地激起白煙，美祿則輕巧地落在他身旁。

「那孩子沒事吧？太好了！」

「美祿，這個像塔一樣的白色東西是什麼？新的菇類？」

「不知道……但外型看起來很像『都市大樓』。」

「『都市大樓』……不是古代建築嗎？間諜電影裡很常見。但它怎麼會出現在蕈菇守護者的村子？」

「我也不知道啊！總之我們動作要快，其他人都在南邊應戰。村子被一群不明人士襲擊了！」

「好！芥川——！」

畢斯可喊完沒幾秒，就見一隻大螃蟹躍過坍塌的都市大樓，「砰！」地落在少年身旁。兩人立刻跳上蟹鞍，悠太向他們揮手喊道：

「畢斯可哥——哥！加油！用食鏽給他們好看！」

「你快帶其他小鬼逃去長老家！知道了嗎！」

「知道了——！」

悠太敬了個禮。畢斯可和美祿駕著芥川離開悠太與他的愛蟹夏目，奔向戰場。

「……可惡，我的故鄉……！」

畢斯可在小山丘上要芥川停下，咬牙切齒地俯視村子。

先前洋溢著慶典喜氣的廣場和他們解救悠太時見到的一樣，遭到整片「都市大樓」蹂躪，柔和的火光全被刺眼的白光蓋過。一根根「都市大樓」穿破家家戶戶，持續向外擴張，將整座村子一步步變為無機的森林。

「到底是誰……有什麼深仇大恨！要這樣對我們！」

（畢斯可……）

這幅駭人景象使畢斯可激動到翡翠雙眸不斷顫動。美祿望著搭檔，暫時壓抑湧上心頭的憐憫之情，拍了拍他的肩膀。

「不管對方是誰，我們都要給他一箭，阻止他這麼做！走吧，畢斯可！」

「……好！」

畢斯可在搭檔的鼓勵下回過神來，拉著芥川的韁繩，懷著熊熊怒火奔向那個來路不明，糟蹋了他故鄉慶典之夜的敵人。

1

「保護幼童和幼蟹！不准再後退，讓戰線停在這裡！」

「該死，啄木被擊倒了！再調一隻螃蟹過來，小一點的也沒關係——！」

儀式廣場南邊的村子入口附近伴隨著此起彼落的怒吼聲，一場壯烈的戰役就此展開。

夜空落下散發藍光的神祕碎塊宛如隕石一般。所有接觸到碎塊的東西，無論房屋、人類、螃蟹全都遭到破壞，化成電線桿、紅綠燈、道路等「都市」產物。

戰場上一片狼藉，蕈菇守護者的樸素房屋與「都市」混雜在一起。

善戰的蕈菇守護者操縱著弓箭與螃蟹，在不斷衝破地面的「都市大樓」間穿梭，以天狗般的速度迎擊未知的敵人，卻一個個敗倒在都市的力量之下。

方才連忙躲藏的滋露氣喘吁吁，連她都看得出蕈菇守護者居於劣勢。

「……嗚哇啊啊……好像出大事了。看樣子這世界也快完蛋了吧？」

滋露躲在暗處窺視戰況，但那群敵人的速度遠遠超越蕈菇守護者，她完全看不見他們的身影。只有偶爾聽見箭矢與短劍在黑夜中激烈碰撞的聲音。

「到底是誰？連蕈菇守護者都拿他們沒轍……不、不能再發呆了，還是趕緊走為上策……」

滋露迅速收拾好生財工具揹了起來，正想從暗處衝出。

這時卻有個龐然大物落在她眼前，發出破銅爛鐵崩落般「鏗啷！」一聲。滋露「咿」地發出尖叫，湊上前觀察那堆廢鐵。

那是一台極其精緻的「機器人」，卻敗給了蕈菇守護者，腹部被蕈菇撐破，火花四散。

最顯眼的是它那相當於人類1．5倍的修長手臂，另外那帶有光澤的白色肌膚與身體曲線也造得美麗且纖細。它的頭部被一層紅色的金屬纖維覆蓋，看上去就像人類的頭髮。

「……這、這是什麼？」

滋露小心翼翼地蹲了下來，正想觀察那張沒有表情的白臉。

白色機器人瞬間撐起上半身，抬起右手伸向滋露。它的掌心上逐漸凝聚出一顆散發藍光的方塊。

「**發……射……都市……製造、者……**」

「嗚哇啊啊——！」

滋露發瘋似的抽出腰間的鐵撬，往機器人的腦袋敲了下去。

機器人的頭「鏗啷！」地應聲碎裂，它射出的藍色方塊偏離軌道，擊中她身後的石燈籠，發出「鏘！鏘！」的金屬摩擦聲，轉眼間就將石燈籠變成一根電線桿。

「天哪啊啊啊啊……這些到底是什麼！」

滋露還來不及發抖，村子入口處便傳來更大的爆炸聲。

接著她又聽見善戰的蕈菇守護者臨死的哀號，以及被彈飛的大螃蟹撞碎大地的聲音。地面不斷震動使滋露嚇到腿軟，無法遵循本能逃跑。

一片混亂中……

喀、喀、喀。

有個人發出與大自然極不相襯的鞋音，緩步走著。

喀、喀、喀。

隨著鞋音經過，蹂躪村子的「都市」設施像是呼應鞋音般亮起，在黑夜中照亮那道人影。

「一群猴子……『猴子』本來只是對你們的蔑稱。」

影子的主人煩躁地晃著烈火般的紅髮，以那雙紅到嚇人的眼睛瞪著空氣，將手插在白色實驗衣的口袋，一臉不悅地走著。

「想不到……你們真的退化成了猴子。竟用石器時代的武器親自打倒了『白』。虧你們有這麼強的體能，真是浪費……！這樣也稱得上人類嗎……」

紅髮喃喃自語，柏油宛若波浪湧現在他腳邊，覆蓋在他行經的土地上，不讓泥土碰到他的鞋子。他身後跟著數台剛才那種白機器人，那些機器人似乎是根據紅髮男子的外型設計的。

「去死吧，怪物——！」

陷入沉思的紅髮頭頂上方忽然飛來一名駕著大螃蟹的蕈菇守護者，螃蟹大螯一揮。

轟！

劃破空氣的巨響傳遍整座村子，紅髮卻連頭都沒抬一下。大螃蟹的螯在碰到紅髮前，先碰到他周圍由藍色粒子組成的防護罩，大螯隨即化作白色粉末，彷彿沙塵般消散在空氣中。

「嗚、嗚哇……！康成的螯！」

「怎麼會想騎螃蟹……搞不懂你們，真是瘋了……」

紅髮一伸手，亮藍色的粒子便激起一陣強風，使大螃蟹像被巨型鐵球打中一樣噴飛出去。大螃蟹接著撞上一間房子，就地爆炸，變成一棟小型樓房。

「……康成——！你這混帳——！」

被拋飛的蕈菇守護者怒火中燒，拿起短刀像野狗般撲向紅髮。紅髮毫不費力地抓住對方的脖子，使出怪力讓他跪在自己面前。

「復原程式在四國這裡最容易出錯。我感覺到有別的粒子干擾了阿波羅粒子……看來是我搞錯了，這群猴子怎麼可能發明什麼粒子。」

「……嘿、嘿嘿……你也跩不了多久……」

「什麼意思？」

「我們有一位神，一位蕈菇之神……畢斯可一定會把你……」

蕈菇守護者話還沒說完，「都市大樓」就「砰！」地從他喉頭冒出。小型的樓房、電線桿等都市設施，以紅髮掐住的部位為中心擴散，逐漸撐破蕈菇守護者全身，在他斷氣後仍未停止。直到他不成人形，變成一座都市模型後，紅髮才隨手拋開那具屍體。

「我才沒有跩，你這不懂『禮貌』的傢伙。」紅髮說了句搞錯重點的話，回頭望向那些白機器人。「目前只解決了一部分，接下來要斬草除根。四台去長老家，三台去蟹……哼，荒謬透頂……去蟹牧場……」

紅髮下達完命令前，一支箭便咻地插進白機器人的胸口。

一時之間，在場的人都平靜地看著那支箭……

啵咕！

巨菇炸裂開來，將那台機器人彈飛，其他機器人隨即向四周退開。唯有紅髮皺著眉頭站在原地，端詳方才開出蕈菇之處。

啵咕、啵咕、啵咕！

每當天藍色頭髮的少年在大樓間跳躍時，夜空中的白機器人便開出蕈菇，落至地面。一台機器人身上開出蜘蛛網狀的蕈菇纏住周圍的同伴，大螃蟹隨即朝著那堆機器人舉起大螯。

「上吧，芥川！」

螃蟹大螯一揮，發出鏗啷巨響，將那堆機器人砸得粉碎。噴飛的碎片散落一地，其中一片落在紅髮腳邊。

「……你們進化得這麼暴力……卻連冷氣和加溼器都沒有！」

正當紅髮氣得面容扭曲，一支閃亮的箭朝他飛來。紅髮立刻單手揮開那支箭，箭插進他身後的大樓，開出耀眼的蕈菇。

「……那是什麼箭？我的手麻了……」

「既然能避開那支箭，想必你就是首腦了吧？」

全族最強的蕈菇守護者落在紅髮面前，他的大衣翩然飄動，散發火星般的孢子。畢斯可從箭筒中又抽了一箭，咬牙切齒地吼道：

「竟敢用那詭異的法術為所欲為。說！你們到底是什麼人？」

「赤、赤星！太太太、太慢了啦，笨蛋！」

原本按兵不動的滋露見畢斯可降落在地，便迅速躲到他身後。美祿將剩下的機器人交給芥川，也如影子般立於畢斯可身後，目光犀利地瞪著紅髮。

「……我才想問你。」在食鏽光芒照耀下，身穿白袍的紅髮男子緩緩抬頭與畢斯可視線相交。「你們是什麼人……正確來說我想問的是，你們這群平均跳躍高度186cm的動物，真的是人類嗎？」

這是畢斯可與紅髮男子第一次對上眼，雙方都愣住了。美祿和滋露的反應也一樣，原因一目了然。

（他、他長得跟赤星一模一樣耶！）

（嗯、嗯……！但、但他好像比較聰明……）

如他們所言，紅髮男子長得就像畢斯可梳洗後，再放下瀏海的樣子，兩人容貌也都一樣精悍。不同的只有瞳色和氣質……紅髮身上少了畢斯可的野性，多了點智慧。

「……康成和岩倉是你殺的吧……！勸你在死前報上名來，我要刻在他們的墓碑上。」

「……『問別人名字前先自報姓名』，這是『禮貌』……真蠢，我竟然在教猴子禮貌……」

紅髮再度舉起戴著手套的手，變出藍色粒子，他似乎發現眼前的猴子不同於其他猴子，表情嚴肅了些。

「岩倉是那傢伙嗎？他死前說『畢斯可』一定會殺了我……原來如此，你就是畢斯可？」

「竟然沒聽過名震天下的『食人赤星．食鏽畢斯可』，你是哪來的井底之蛙啊！」滋露從畢斯可身後冒出頭喊道：「我們說完了，接著換你了。你是誰？目的是什麼？」

紅髮先是無視滋露，準備將手伸向畢斯可，接著卻喃喃自語改變了心意，直視畢斯可大聲說道：

「我叫阿波羅。簡單來說……我是來消滅你們的。」

「畢斯可！這傢伙無法溝通！」

「我從一開始就知道了！」

「『禮貌上』我該說的都說了，猴子們！」

阿波羅瞄準畢斯可，掌心射出隕石般的藍色方形子彈。畢斯可剎那間射出食鏽之箭擊碎方塊使它爆裂開來，碎片噴飛四散。凡是方塊碎片掉落的地方全都建起了迷你都市。

「……！我的粒子被分解了！程式錯誤果然是你們害的……但怎麼是……蕈、蕈菇？」

「你瞧不起蕈菇啊？」

「**『發射．防護牆』**！」

畢斯可又朝訝異的阿波羅射了第二、第三箭，阿波羅卻用類似真言的手法變出漆黑的防護牆，擋住那些箭。

「嗯？食鏽種不下去！」

「**『發射．都市製造者——』**！」

阿波羅手中接二連三射出藍色方塊。畢斯可在村子各處跳躍閃避，但那些光彈仍窮追不捨，而他射向阿波羅的箭也全被防護牆彈開，無法開出蕈菇。

「糟糕，情勢不利！」

『won（唵）／shed（釋得）／kerd（咖魯達）／snew（蘇內巫）（守護在對象周圍）！』

美祿與搭檔背對背一同跳躍，他唸了句真言，周圍立刻出現綠色孢子牆。藍色追尾彈一顆顆撞上美祿的真言盾，全被擋了下來。

「他用的是克爾辛哈那種盾牌，這把弓射不穿！」

「知道了，那就用真言弓！」

「好！」

看著雙手蓄力的阿波羅，美祿輕動雙唇唸出真言，設法突破防護。閃亮的綠色方塊掠過畢斯可的手畫出半月形，一把能夠射穿星辰的大弓隨即在他手中顯現，與他的犬齒一同閃耀。

「可以射嘍，畢斯可！」

「**『都市製造者‧爆破』**！」

「看招——————！」

阿波羅凝聚出的方塊幾乎是與畢斯可的真言弓同時發射。

粒子聚合彈射出時威力雖已增至極限，接下來的一秒內，卻被噴著火花，直直向前衝的橙色箭矢一口氣貫穿。

「唔！」

阿波羅沒想到真言弓威力如此強大，趕緊變出漆黑盾牌，盾牌的位置僅僅偏了一些，那支箭便射斷他的左臂，朝後方飛去。

「……什、什麼！」

阿波羅嚇了一跳，但他咬牙對著剛放完箭毫無防備的兩人，以剩下那隻手再度煉造粒子。

弓的後座力使少年們失去平衡，落向地面。阿波羅正準備向他們射出粒子……

啵咕！

閃亮的食鏽穿破阿波羅的側腹綻放開來，將他整個人彈飛。啵咕、啵咕！他的身體又彈了兩三次，最後趴倒在地，握著亮橙色的箭頭咳了聲，吐出白沙般的物體。

「怎、麼可能，孢子吞噬了阿波羅粒子……！」

總是面無表情的阿波羅臉上滿是錯愕，又咳了幾聲。與此同時，因真言弓而耗盡力氣的兩名少年來不及防身，直接摔落地面。

「成、成功了，畢斯可！」

「不，等等！那傢伙……被蕈菇侵蝕成那樣居然還活著！」

兩人屏息看著阿波羅，對方傷得不輕仍站了起來。

阿波羅似乎以那神祕的粒子之力使食鏽停止繁殖，白沙從他全身散落，他壓住手臂斷裂處，瞪著兩名少年。

「該撤退了……」

阿波羅邊說邊緩步後退，白沙從他的紅眸流瀉而下。

「承認對手的實力也是種『禮貌』。這次是我輸了……但我也找到阻礙都市化的元凶。沒想到『自然產生的粒子』……竟能吞噬阿波羅粒子。只要我能撤退，下次一定會贏過你們……」

「少作夢了！」

「美祿！」

「**『發射．都市製造者』……！**」

美祿奮力站了起來，舉弓瞄準阿波羅。阿波羅卻用剩下那隻手拍打地面，宛若長槍的鋼骨瞬間冒出，刺穿美祿的一隻腳將他釘住，使鮮血灑落一地。

「唔！嗚、啊啊！」

「美祿！」

阿波羅繼續攻擊傷痕累累的兩名少年。他像在命令鷹犬追捕獵物般，操控斷掉的手臂躍至空中，直直撲向美祿。

（可惡，糟了，我的腳！）

「看招———！」

千鈞一髮之際，躲在暗處的滋露挺身而出衝到美祿面前。滋露拿著鐵撬往側邊用力一揮，精準擊中那隻手的手腕，使之斷成兩截。

「呼、呼！怎麼樣？你這混蛋！」

「滋露！退後！」

美祿拚命警告滋露，阿波羅卻還是早了一步。他的手掌像斷尾的蜥蜴般甩開手臂，抓住滋露的臉。

「哇啊！什麼鬼！放、放開我……嗚哇啊、嗚啊啊啊啊——！」

那隻手掌釋放出藍色粒子侵蝕滋露的頭，發出「嘎嘎嘎」的駭人聲響。滋露被這股怪力掐住頭部，痛得大聲哀號。

「好痛、好痛喔！美祿、畢斯可！救救我——！」

「滋露——！」

「混帳！」

倒在地上的畢斯可射了一箭，那支食鏽之箭的力道恰到好處，將手掌從滋露臉上剝開。啵、啵！阿波羅的手開出幾朵蕈菇後，終於靜止下來。

「傳送、準備、完成。前往東京，５、４……」

「你對滋露做了什麼！」

「要趕快……製造抗體……是『孢子』，都是『孢子』害的……」

阿波羅走著走著，身體逐漸化為微帶藍光的粒子，隨後一陣強風吹來，在畢斯可的箭碰到他之前，他便如霧一般消失無蹤。

現場只剩下遭到都市摧殘的房舍，以及蕈菇守護者和螃蟹的屍體……

還有不斷喘氣的滋露。

「滋露！啊、啊啊，天哪！」

畢斯可聽見搭檔悲痛的聲音衝了過去，他隔著美祿的肩膀看見滋露，驚得說不出話來。

她被阿波羅掐過的頭部左側到頸部、鎖骨一帶，全都布滿了迷你都市，都市持續穿破她的皮膚往外擴散。

「妳怎麼衝出來了！我不是要妳躲起來嗎！」

「啊哈哈哈……對啊。可能被你們……傳染、了吧……」

「食鏽安瓶呢！你放在哪！」

「已經打了！但還是阻止不了侵蝕……！」

「啊哈哈，我這、無聊的……一生，也快、結束了吧……咳、咳！」

滋露抓著美祿的衣襟咳了起來，咳出的鮮血中混著小型建築和電塔，顯示都市化症狀已經擴散到她的內臟。

「咳！可是，我、我很高、高興，能在死前、見到你們……」

「別放棄！我會治好妳的！」

「我、我在地獄……等、你們，要來喔，美祿、赤星……」

「不……不可以，滋露，妳不能死！」

美祿大喊一聲，淚水隨之灑落。

綠色孢子像是回應他的呼喊般，噗一聲地從他全身噴出。

（救救滋露！）

宿主的強烈意念使孢子灼熱沸騰，轉變為火焰的顏色。

孢子凝聚在雙眼緊閉的美祿面前，化作一顆小太陽。

「……這、這是什麼光……？美祿，喂，美祿，快睜開眼睛！」

「畢斯可！滋露她、滋露她……」

「混蛋，振作點！那是你用真言變出來的嗎？」

美祿聽了搭檔的話稍微冷靜下來，緩緩睜開眼睛……

一顆與平時的真言迥異的紅色方塊，在他面前燦爛發光。

「這……這是什麼？」

那道光芒強到使美祿瞇起眼睛。就連施術者也不認得的紅色方塊繞著滋露旋轉，觀察她的狀況，輕觸她微啟的雙唇……

接著突然發出「咻砰！」一聲，進入滋露體內。

「唔？嗯嗯喔喔喔！」

「嗚哇——！你、你在做什麼？聽我指揮！」

就連宿主美祿也制止不了紅色方塊，滋露按住喉嚨不斷掙扎，方塊竄遍她全身使她整個人泛著紅光。

「啊、等、別這樣……那、那裡是肺吧？喂！這東西、怎麼亂摸少、少女的內臟……呀哈哈哈哈！好癢喔～～！」

「真言失控了……天哪，畢斯可，怎麼辦！」

「等等，你看滋露的身體……！」

紅色光芒瞬間抹去遍布滋露半身的迷你都市，使之分解為白色粉末散落一地。少年們為那奇蹟般的治癒之力感到驚訝不已，但滋露本人似乎難以忍受那種感覺，她又笑又叫地在美祿懷中扭來扭去。

「畢斯可你看，滋露的身體痊癒了！」

「……像隻被釣上岸的魚一樣。這麼有精神，應該還不會死吧。」

「狀況這麼危急，虧你說得出這種話！」

滋露像被附身似的亂動了一會兒，最後震了一下，停止動作，倏地從美祿懷中起身，嘎嘎轉動全身關節，以近乎機器人的生硬動作轉向兩名少年。

「都市製造者，94％清除完成。正常工作範圍內。為了維持本裝置的生命活動，殘留於本裝置中直到都市製造者的管理者刪除為止。」

滋露突然面無表情地講出莫名其妙的話，聽得兩名少年目瞪口呆，對看一眼。滋露沒理會他們，端詳一下自己的身體，雙手抱胸低吟一聲，喃喃自語起來。

「……我還不打算從美祿體內出來，但他意念如此強烈，我也無可奈何。若我不插手，這女孩肯定會被都市侵蝕而死……」

「……喂，滋露，妳怎麼啦？還有哪不舒服嗎？」

「沒有，我已經沒事了，一如往常。」

「一如往常嗎……」

水母辮少女已找回原本的白皙肌膚，但她臉上卻少了平時那種促狹的笑容，表情莊重許多，連她特色之一的金色眼眸也變為紅色，使兩名少年嚇了一跳。

而且她眉心上方、額頭中央，還多了個幾何形的菱形紅色印記，緩緩地閃著淡淡紅光。

「……我有什麼不一樣的地方？就算有，我正值多愁善感的時期，本來就很容易改變外貌。你們只要稍不注意，我就會像變了個人一樣。」

「我們一直很注意妳耶。」

「我們認識這麼久，你還懷疑我嗎，畢斯可？」滋露睜大那雙紅眸，面對畢斯可堅定地說：「我毫無疑問就是你們的朋友，大茶釜滋露。身高１４３cm，體重３６kg，二十一歲，喜歡錢和熱巧克力。初戀在十一歲，我當時被一個爛男人纏上，那個人討厭水母，所以我就留了水母辮。三圍由上到下是……」

「嗚哇！知道了知道了！不用說那麼清楚！」

「滋、滋露，侵蝕真的停止了嗎？妳身體不痛了嗎？」

「當然！我體內雖然還殘留著些許因子，但體表的都市已全部清除。這裡痊癒了，這裡也……」

滋露在少年們面前大剌剌地脫下衣服，最後將手伸向內褲時，突然舉起右手賞了自己一巴掌。她噴飛出去摔落在地，一臉訝異地撫著紅腫的臉頰。

「這、這女孩竟能從內部操控我……意志力真強……咦？真的要脫的話，要跟他們收錢？什、什麼意思？」

「滋露！妳在跟誰說話？妳到底怎麼了？」

「看來她好像被附身了，總之先帶去長老那邊，讓她聞一聞回魂香應該就好了吧。而且那傢伙的部下可能還在，我很擔心長老他們。」

芥川彷彿算準時機，「轟！」地從空中落下，撼動大地，少年們隨即跳到牠背上。紅眼滋露沒等畢斯可幫忙，就兔子似的跳到美祿背上。

「好了。畢斯可，走吧！得治好滋露才行。」

「……滋露，妳剛剛說的是真的嗎？妳留那個髮型是為了報復前男友？」

「對啊，記憶體裡是這麼寫的……」

滋露話說至此，再度打了自己一巴掌，畢斯可看了都覺得痛，她流著鼻血繼續說道：

「……不、不對，忘了我剛剛說的話……我留水母辮似乎是為了加深客人對水母商店的印象……」

「這才是妳最早對我們說的版本吧？」

「這傢伙越看越怪。芥川，快去長老那邊！」

芥川抛開牠剛解決掉的一台機器人，遵從畢斯可的轡繩指示，直直奔向長老的家。

2

「全日本都市化連環恐怖攻擊」。

這是最近遍及全日本的怪事總稱。紅髮白身的機器人襲捲各地，其接觸到的東西全都會變成「都市」。機器人攻擊時不分自然物、人工物，也不分動物、人類，一個個都會變為「都市」，即大樓、電線桿、紅綠燈等舊文明的產物。

這種前所未見的怪異現象，無預警地在一瞬間襲捲日本，使民眾彷彿身陷地獄之中。

這場恐怖攻擊使各縣損失慘重，日本中樞京都受到的砲火最為猛烈，僅僅一晚就淪陷。日本喪失指揮系統，分崩離析，關東地區開始由忌濱縣發號施令。

『忌濱縣觀測到埼玉以南的東京爆炸中心洞突然出現一座巨大都市。我方推測，侵襲日本各地的機器人即來自這座巨大都市。』

『日本人無分府縣、宗教、企業、族群，皆應盡釋前嫌，心懷護國之志，將兵力集結至忌濱縣。』

年輕貌美的忌濱知事貓柳帕烏發表的這段聲明能否讓自尊心強的各縣、各民族無條件接受，受到外界質疑……但忌濱知事卻很有自信。

原因非常簡單，因為現在這種情況下「任誰都顧不了面子」。

『射出……未完成。發射．都市製造者……射出。』

砰！砰、砰！

數台在空中自在飛行的白機器人唸出宛如咒語的詞句後，發射藍色的方形子彈，忌濱市街在這波攻擊下，逐漸被整齊的都市侵蝕。

「快讓民眾逃進避難所！避難所滿了的話，下水道也可以！」

「那茲隊長——！快退後！前線太危險了！」

「白痴，我們一退，縣廳就沒了。給我撐住！在會議結束前別讓它們進入縣廳！」

忌濱自衛團駕著奔馳的美洲鬣蜥奮戰，蕈菇守護者也以弓支援。關東要塞忌濱縣如今已成為都市化恐攻的目標。

「……可惡，根本是無差別攻擊……！」

帕烏透過強化玻璃看見忌濱被隆起的大樓侵蝕，那張美麗面容氣到扭曲。帕烏正準備參加會議，但她仍然身穿自衛團長穿的戰士服裝，手裡緊握著慣用的鐵棍。

她看見自衛團奮戰的模樣，忍不住也想衝上戰場，這時……

「歡迎的場重工會長，的場禪壽郎先生。」

「蕈菇守護者暫定代表，來自鳥取的長老，加夫內祖奶奶。」

「來自岩手萬靈寺的大荼釜大僧正。」

「島根則由艾姆莉尼僧正、拉斯肯妮權僧正一同出席。」

足以代表日本的領袖們陸續現身會議室。帕烏深呼吸後收起戰意，向他們一一問好。

「艾姆莉，謝謝妳來……島根也很辛苦，連拉斯肯妮也來了，真是抱歉。」

「別這麼說。我當然要來幫帕烏姊姊，不然怎麼配當菌神宗的僧正呢？」

「帕烏，妳現在是人類的領袖。宗教事務就交給我們，妳儘管去和部族、企業交涉。」

拉斯肯妮在帕烏耳邊低語，帕烏點頭回應。這些人依序坐到圓桌旁，每個都是日本響噹噹的大人物。換個角度來看，今日齊聚一堂的都是些水火不容的人物。帕烏的領導能力無疑是這場會議的關鍵。

「黑革掛了之後，我本來想跟忌濱斷絕往來。」的場重工會長，的場禪壽郎用他粗短的手指敲了敲桌面，混濁的雙眼輕蔑地環顧在場眾人。「沒想到我還得出席這種場合……還跟吃香菇的鄉巴佬坐在一起。」

「不爽啊，豬老頭？」

蕈菇守護者的女長老加夫內哼笑一聲，回擊的場會長。

「自以為是蓋那麼多工廠，我只要射一箭就能讓你生產出來的那些垃圾全部報廢。這次就用你們的破銅爛鐵來擋子彈好了，你要好好感謝我。」

「竟……竟然說我們的兵器是垃圾，混帳！」

「不然要說什麼？廢鐵？爛貨？」

「長老，別說了！的場會長也是……您應該知道日本正遭逢難關吧？」

帕烏出言制止，加夫內長老毫無悔意，的場會長則像隻生氣的豬一樣滿臉通紅。

「哼！要是祖先知道名震天下的的場重工和吃香菇的合作，我們不知道會遭到什麼報應。知事，我還是先……」

轟隆！一聲巨響打斷的場會長的話，某樣東西撞破天花板砸在圓桌中央，原來是台白機器人。它臉上中了一箭，嘎嘎嘎動著身體，最後「啵！啵！」開出幾朵蕈菇，就此停下動作。

「天、天哪……這、這就是……傳聞中的！」

「別那麼緊張，它已經死了。」

一名老爺爺從天花板的破洞翩然躍至圓桌，並將遲一步落下的三角帽重新戴好，接著為防萬一踩斷了白機器人的脖子，將頭踢到一旁。

「是英雄賈維！」「靈活得不像老人呢！」

圓桌旁的賓客紛紛讚嘆，賈維則睜大眼睛環顧四周，與加夫內長老對上眼後一臉嫌惡。

「……嘖，虎姑婆來了。」

「你還是這麼沒禮貌，要叫我加夫內姊姊才對。」

「賈維老爺！您沒事吧？機器人該不會入侵縣廳了吧？」

「還好，只有這一台而已。但那些傢伙怎麼殺都殺不完，你們要開會就趕快開一開，縣廳快不保啦。」

帕烏對賈維點點頭，朝著七嘴八舌的圓桌提高音量說：

「如各位所見，不只這間會議室，現在全國各地的無辜民眾都受到威脅！要是不願放下仇恨而失去自己的縣和人民就得不償失了。此刻我們應該同心協力，面對共同的敵人才是上策！」

忌濱知事舉起鐵棍高呼，她的黑髮被風吹動，圓桌一時之間鴉雀無聲……

「沒有異議。」

「支持帕烏知事！」

「呢個响儂。」

圓桌各處響起贊同聲，各團體間針鋒相對的狀況這才平息下來。

的場會長雖然一臉不悅，但他衡量過的場重工的損益後也按捺怒火，不情願地擠出聲音說：

「快點把會開完。」

「喲呵呵，妳也學會政治手腕啦，姑娘。」

「您別虧我了，我內心仍是個戰士。」

帕烏有些不悅地回覆賈維的低語後，清了清喉嚨，望向嵌在會議室正前方牆上的大螢幕。

「儘管各位舟車勞頓，但時間有限，請容我直接進入正題。剛才提到東京爆炸中心洞出現了神祕的巨大都市，我們成功從上空拍到了它的照片。我們認為這個……嗯？」

螢幕上顯示出東京爆炸中心的航空照片，吸引了眾人的目光，這時螢幕卻傳來怪聲，畫面也出現雜訊，逐漸變為一片雪白。

「壞了嗎？真不巧。算了，把印好的照片拿過來……」

『……啊，有聲音了。連上了嗎？嗨～你好，我正在跟你們連線，聽得到嗎？我正在跟忌濱縣廳連線，如果有人聽到，麻煩回應一下。』

「……這、這是怎麼回事？」

沙沙雜音中冒出少女的聲音，響遍會議室。圓桌周圍包含帕烏在內的領袖議論紛紛，螢幕上的雪花畫面突然切換，特寫出一名紅眼的水母辮少女。

『……喔喔！終於連上了。雖然有點雜訊，但也只能這樣了。』

「滋露！妳沒事吧？」帕烏看見畫面上映出好友後鬆了口氣，但又想起自己正在一群領袖面前，連忙清了清喉嚨。「妳、妳怎麼會出現在我們的螢幕上面？呃、不對，我正在開會，改天再聊……」

『我劫持了衛星訊號啦。我知道黑革曾在忌濱用過衛星傳訊，但我花了點時間才找到頻道……喔喔，日本各界的領袖都到齊了嘛，我真會挑時間。』

「滋露……？妳怎麼有點……」

「尼、尼額頭上的聖紋！」

帕烏正對滋露的言行感到疑惑時，身旁突然冒出一團毛茸茸的物體，那團毛球三兩下就跳到螢幕前跪倒在地。

「大、大茶釜僧正？」

「祖師爺！窩一直在等您回來。萬靈寺上下都謹遵您的教誨，夙夜匪懈地研讀經典。請您再度指引窩們！」

以不說話著稱的萬靈寺大僧正突然說了這麼一段話，使會議室內又是一片譁然。

「……萬靈寺的、祖師？怎麼可能是滋露大人？」

「等等，艾姆莉。她額頭上的方形圖案，克爾辛哈的經典上也有，象徵著最高位階的神。大茶釜大僧正並沒有失智。」

「母親大人！我才沒那麼想呢，真是的！」

而畫面中的滋露看見跪在自己面前的大茶釜僧正，不知為何也懷念地瞇起眼睛，有些激動地說：

『大茶釜小弟！你還在位啊？你幾歲了？不過太好了，有你在就好辦事了。你那邊現在狀況如何？』

「是。日本主要的府縣都遭到白色機器人『阿波羅白』大軍侵襲，它們放出的都市製造者程式使日本各地一步步都市化，事態非同小可……不過，阿波羅既然是藉由直接攻擊來復原都市，就代表他還無法一次復原全日本。」

『嗯，阿波羅沒想到這三百年間會自然產生「孢子」這種抗體。鏽蝕大概因為這樣而無法順利運作，都市也無法如他所願地復原。只要趁阿波羅忙著處理程式錯誤時攻下東京，我們就不會滅亡了。』

「可是祖師爺，窩們怎麼有本事攻入東京呢？現在光是抵禦阿波羅白就已耗盡全力，不可能敵得過阿波羅本人。」

滋露聽了大僧正的意見，那張精悍的臉上露出自信微笑。

『大茶釜小弟，人類有一張王牌。我親眼看見他射穿了阿波羅。』

「什麼！」

『畢斯可——！美祿也來一下……這邊，長老的電視機前面！』

「畢、畢斯可和美祿？」

默默旁觀的帕烏此刻不禁傾身向前盯著螢幕。畫面中特寫出一雙翡翠色眼睛，還有畢斯可狂犬般的臉孔。而後有著熊貓胎記的貌美少年將畢斯可的額頭推開，占據一半的畫面。

『是賈維耶。這什麼？影片？』

『啊，帕烏！等等，艾姆莉也在。滋露，我們正在跟對方連線嗎？』

『這兩人是人類和蕈菇奇蹟似的混種。他們的血液中有極強的孢子，可以將鏽蝕……不，將阿波羅粒子侵蝕殆盡。』

滋露擠進兩張臉中間，那雙紅眼在畫面中眨了幾下。

『阿波羅拋棄了肉體，化為粒子聚合體。想要打倒他，只能借助這兩人的孢子之力。我會帶他們去忌濱，在那之前你們要好好撐住。』

「遵命！」

『讓開，滋露。既然都跟忌濱連線了，我也要問一下。』

滋露滿意地點了點頭，畢斯可推開她的頭擠進畫面中。

『喂，帕烏！妳看到了吧，滋露怪怪的，一直說東京怎樣，日本要滅亡了之類沒頭沒尾的話。我覺得她應該被髒東西附身了。』

「滋、滋露被附身了？」

『對。美祿也不懂詛咒和作祟……忌濱應該有很多法師或巫師吧？幫我派個厲害的過來。』

『畢斯可！現在不是說這個的時候。我們才該趕去忌濱……』

『我說這些都是為了妳耶！美祿，帶她去冷靜一下！』

看見螢幕另一端吵鬧的樣子，圓桌一片譁然。大茶釜僧正搔了搔頭，有些為難地喃喃自語。

「祖師爺說要帶他過來，但赤星性子那麼烈，祖師爺真的能說服他嗎？」

艾姆莉聽見大茶釜僧正的低語，那雙紫眸登時亮了起來。

「……只要把畢斯可哥哥勸來這邊就行了吧？」

「唔喔？」

「畢斯可哥哥！」

艾姆莉突然從位子上站起身，壓過圓桌的喧鬧聲對螢幕喊道：

「滋露大人就交給我吧。若她體內有不好的東西，我可以用真言吸出來。仙醫最擅長處理附身問題了。」

『艾姆莉！對耶，妳一定能治好她。快來四國！』

「可是……那個，我正在幫帕烏姊姊驅除惡靈，沒辦法離開忌濱。」

「咦？幫、幫我驅除惡靈？」

帕烏差點叫出聲來，艾姆莉連忙向她眨眼示意。帕烏隨即明白她的用意，將抗議的話語吞了回去。

『帕烏也被附身了嗎？好像也沒什麼好奇怪的……她本來就是個業障重的女人。是怎樣的惡靈附在她身上？』

「是、呃……前知事黑革大人的怨靈。她拋下公事，整天看漫畫……吃了一大堆不健康的零食，病得不輕呢。」

（雖、雖然在演戲，但也講得太誇張了……！）

帕烏看著螢幕另一頭哈哈大笑的畢斯可，又看向表情有些尷尬的艾姆莉，她又羞又怒地漲紅了臉。

「正、正因為這樣！畢斯可哥哥，請你立刻帶滋露大人來忌濱。再拖下去她可能會越來越嚴重。」

『好吧，結果我們還是得去忌濱。』

『也只能這樣了。滋露常常打自己巴掌，讓人看了好不忍心……得趕快治好她。』

少年們交頭接耳時，中間的滋露對艾姆莉眨眼表達（謝謝妳！）之意。

『我要說的就是這些！我們很快就會過去。衛星訊號快斷了，那就……』

「祖、祖師爺，窩有個請求！」

『剩不到一分鐘，快點說！』

「那、那個……祖師爺現在降駕的乩身……」

全身毛茸茸的大僧正察言觀色般抬眼看著滋露繼續說道：

「是窩的……曾曾孫女。她雖然是個不虔誠的不良少女，本性卻很善良。拜託您手下留情……好好對待她。」

『嗯，我知道，不用擔心。大茶釜小弟，下一任僧正就傳位給她吧。我看她意志堅強，還能突破我的控制……好痛！』滋露「啪！」地打了自己一下，痛得皺起臉來。『時而這樣向我抗議。啊、要斷線了。帕烏！之後就拜……』

影像「噗滋」地消失，畫面上只剩下雪花不斷閃爍。會議室內躁動起來，所有人七嘴八舌討論剛才那一幕。

「……賈維老爺，您怎麼看？」

「剛剛那段話挺可疑的，但畢斯可確實是日本最強的生物。她叫咱們撐到畢斯可來，或許有點道理。」賈維盯著螢幕上的雪花，愉悅地摸了摸鬍子。「不過想要說服這些大人物……喲呵呵！可就要花點工夫啦。」

「……什麼『之後就拜託妳了』？真是強人所難！」

帕烏搜索枯腸，思考如何讓議論紛紛的會議室安靜下來。她吞了一顆黑革留下的頭痛藥，彷彿能體會前知事的辛勞。

3

日本政府曾經迫害過蕈菇守護者，為了擺脫政府的追兵，蕈菇守護者已將本州通往四國的橋梁全部破壞。

若搭小船前往四國會被海裡的赤石斑魚攻擊，牠們的尖牙不到五分鐘就能讓人葬身大海。因此想渡海只能用一種原始的方法，就是乘著赤石斑魚咬不穿的鐵梭子蟹游到對岸，這也讓四國成了一座天然要塞。

「又要不眠不休渡海，累死人了。」

「哪有不眠不休，可以猜拳決定誰休息啊。」

「你來的時候都呼呼大睡，才說得那麼輕鬆！」
「誰叫你一直輸。」
「你們等等，看來這次芥川應該不用游泳嘍。」
滋露被美祿揹在背上，指著某個方向笑著說道。
畢斯可認為這個紅眼睛的滋露是「附身靈」，少年們不願用滋露稱呼她，便私下稱她為「紅滋露」加以區別。
兩人順著她的手指望去，只見三天前還空無一物的海上出現一座上了漆的壯麗大橋。橋的另一端被霧遮住，但似乎可以通往本州。
「那、那是什麼？」
「畢斯可，那是橋，可以讓人往來於陸地之間。」
「小心我揍你喔！」
「幹嘛揍我？那麼宏偉的橋，我們來的時候連看都沒看到。」
「應該是阿波羅大軍來襲時建的。」
紅滋露邊說，邊被逗樂似的呵呵笑著。
「……話說那是五條大橋的造型吧，瀨戶大橋無法復原嗎？看來阿波羅還是無法讓鏽蝕完全變成他想要的形狀。」
「管他的，能走就好。」兩名少年早已習慣紅滋露偶爾會說些莫名其妙的話，便沒有理她，駕著芥川朝橋走去。「走陸路很快就會到本州了，我們就借用一下這座橋吧。」

「這樣就不用猜拳了。」

「你這傢伙——有、完、沒、完！」

一行人吵吵鬧鬧駕著芥川跳上大橋，一路朝本州奔去。這段道路鋪設完善，對芥川而言似乎也比較好走，牠的速度因此又快了一些。

「不過他們人那麼少，應該不需要這麼大的橋吧。那個叫阿波羅的傢伙還真隨便。」

「我們那個時代的交通量遠遠超越現代，所以需要這種大橋。」

「我們那個時代？滋露，妳跟我們年紀差不多吧？」

「沒錯，當我沒說……等等，橋是不是在晃……？」

正如紅滋露所言，橋從剛才開始就時而不自然地搖晃。每當震動轟然傳來，芥川就會前傾而難以行走。

「這地震有夠大的。」

「等等……這不是地震，橋下有東西在攻擊我們！」

搖晃逐漸變為「轟、轟、轟！」由下而上的撞擊，使橋梁龜裂、隆起，芥川的身體也隨之頻頻彈起。

「可惡！那是什麼？」

「滋露，抓好！芥川，要跳嘍！」

美祿從畢斯可手中接過韁繩，對芥川用力施了一鞭，芥川屈腿蜷起身體，像顆被人踢飛的皮球般直直向前衝。隨後某個無比巨大的物體衝破橋面，激起水花，發出「咕喔喔喔喔」撼動空氣的咆哮。

「那是什麼鬼？」

那乍看之下是一條「超級巨大的錘頭鯊」，但牠不僅大得離譜，背部還長著無數根大樓，相貌奇特。

牠張開大口露出凶惡尖牙，口內有個攪碎機般的滾筒不停旋轉，將咬下的鋼骨一根根磨得粉碎。牠的頭部橫向生長，形狀特殊，頭上有個電子告示牌寫著「死亡事故頻發，注意前方，小心駕駛。」，上面的文字不時變化。

牠兩鰭下方還有尖銳的鋼釘輪胎高速啃食著橋梁，將那巨大的身軀不斷往前送。

「那是生物嗎？牠也是阿波羅變出來的？」

「不！牠是受都市化波及而衍生的『都市生命』，所以還沒有名字……牠會吃橋，就叫牠『食橋』吧。」

「你還有心情說這個！牠吞著橋朝我們衝來了！」

如畢斯可所說，「食橋」張著大口以驚人之勢持續前進，猛烈追趕芥川想將牠吞噬。碎裂的桁架被順勢攪進牠口中的滾筒，發出巨響被壓得粉碎。

「畢斯可！牠滿腦子只有吃。被吞進去就逃不出來嘍！」

「那就讓牠吃這個！」

畢斯可吐出滿是火花的吐息，拉開強弓，從芥川身上瞄準「食橋」的血盆大口，「咻！」地射出紅光般的箭矢。紅光隨即貫穿巨大「食橋」的喉嚨，從牠背上穿出來。

啵、啵、啵！

食鏽接連綻放，「食橋」不敵其威力，仰著身子發出「咕嗚嗚嗚嗚」的慘叫，緩下速度。

「喔喔，好強！這就是食鏽弓箭！」

「不行，力道不夠，畢斯可！」

「嘖！」

聽見美祿的呼喊，畢斯可的表情緊繃起來。「食橋」雖然一瞬間緩下速度，但牠立刻將身上的食鏽送進口中的攪碎機，嘎吱嘎吱磨成碎片。牠那與都市結合的身體似乎能讓菌絲擴散的速度變慢。

「沒差，多射幾箭就好！」

「畢斯可，等一下！牠好像放了什麼出來！」

畢斯可聽見紅滋露的呼喊後朝「食橋」望去，只見牠背上的都市叢林中駛出多輛狀似小型車的物體。

「那是什麼？車子上……長了鰭？」

那些追著芥川的車狀物兩側和頂部都長著鰭，還有個像在游泳般擺動的尾鰭。車子的引擎蓋嘩地打開，裡頭密密麻麻長著鋸齒狀的鯊魚牙齒。

「那也是都市生命！就叫牠車魚好了。但牠到底算不算生物……」

「滋露，危險！」

一隻車魚從路上跳起來，張開大口想咬滋露，被美祿一箭射下。接著撲來的第二、第三隻車魚也被芥川用大螯彈開。那些車魚因而滾至後方，落入「食橋」嘴裡被咬成碎片。

同時畢斯可也朝「食橋」射了第二、第三箭阻止牠繼續前進。但他不知道這個前所未見的都市生命弱點何在，又不敵「食橋」源源不絕的生命力，只能眼看對方逐漸追上芥川。美祿也忙著應付接連撲來的車魚，無暇操控韁繩。

「請遵守速限。」

「食橋」的電子告示牌忽明忽滅，牠大力甩了甩頭，將橋梁碎片嘩啦嘩啦撒向畢斯可他們。美祿在危急之際拉起韁繩避開碎片，芥川卻被那些碎片絆到差點摔了一跤。

「這樣下去我們不可能甩掉牠。美祿！你有好點子嗎？」

「……牠是、食橋……」

美祿在畢斯可身旁觀察「食橋」的動作，看著牠口中的滾筒不斷攪碎橋梁，他突然靈光一閃，睜大雙眼。

「畢斯可！用沙金菇配合我。」

「好……咦、沙金菇？」

「射向橋面！要上嘍！」

美祿話還沒說完，兩人便亮出弓來，將無數支箭射向芥川身後，他們方才行經的橋面上。

啵、啵、啵！畢斯可的沙金菇激起黃沙，和某種黏呼呼的黑菇一同綻放。

少了畢斯可的箭雨攻擊，「食橋」越發越猖狂，牠咬碎自己放出的車魚，憑著驚人的氣勢逼近芥川。

兩人卯足全力放箭，因此無人操控韁繩，芥川無法完全避開「食橋」放出的障礙物，正面撞上橋的殘骸而向前翻滾，使鞍上三人摔向地面。

「嗚哇啊啊！完、完蛋了……！」

紅滋露在貼近地面的時候被美祿接起，她抬頭看向正準備咬碎他們的凶狠「食橋」，不禁閉上眼睛。

「……呃？嗯？奇怪？」

「原來如此。面對愛吃的敵人，只要堵住牠的嘴就好。」

「看見牠身上的機關我才想到這個點子，幸好成功了。沙金菇和焦油菇的混合物一旦捲入，再好的齒輪都動不了。」

紅滋露聽見少年們冷靜的聲音，怯怯地睜開眼睛，抬頭望向「食橋」。只見「食橋」的巨型攪碎機上糊了一層黏性極強的黑色物體，機器不斷發出「嘰嘰嘰嘰」慘叫般的聲響。

「這……這是！你們用有黏性的蕈菇，讓牠停住了嗎？」

「牠要用鰭揍我們了！芥川，快點！」

「食橋」最強的武器被卡住，只好舉起大鰭撲向眼前的三人一蟹。三人趕緊跳到芥川身上，閃過「食橋」的攻擊。他們身後的桁架崩塌碎裂，殘骸噴飛四散。

「「嘶！」」

兩名少年背對背射出炎菇箭刺入「食橋」體內。啵！炎菇在火中綻放，火焰沿著含有沙子的黑色黏液向外延燒，巨大的「食橋」瞬間被烈焰包圍。

「咕嗚嗚嗚嗚嗚！」

「食橋」發出垂死哀號，瘋狂扭動身體，使頭上的「禁止通行」標示飛快閃爍。車魚們同樣著了火，紛紛掙扎著從橋上跳下。

「畢斯可、美祿！火勢太強，橋要燒斷了！」

「慘了。」

「別光說慘了。你真是下手不知輕重，畢斯可！」

芥川越跑越快，他身後的大橋陷入火海逐漸崩塌，最後巨大的「食橋」也被摔入海中，濺起一片水花。

「哇，畢斯可，你真了不起！靈機一動就解決掉那麼大的怪物……你果然是人類最厲害的戰士，不，說是人類的明天也不為過！」

「……妳被附身後講話誠實多了。來，再多說點！」
「你笑那麼開心幹嘛？想出這個計策的明明是我！」
美祿出聲抱怨的同時，芥川也「霍、霍！」揮舞大螯。
「嗚哇！抱、抱歉，載我們的是芥川呢……」
一行人吵吵鬧鬧地直奔忌濱，方才那場罕見的危機已被他們拋諸腦後。

4

兵庫縣可謂日本的工業中心，由於支援首都京都等緣故，該縣的軍事工業特別發達。大型企業的場重工的總公司也設在兵庫，其分公司遍布全國，提供各縣生物兵器以獲取利益。
周圍府縣對兵庫的評價不是很好，認為該縣「死要錢」、「狐假虎威」。不過因為兵庫有政府在背後撐腰，各縣不敢與之發生衝突，於是兵庫便占盡便宜，工業發展也如日中天。
——然而，這樣的榮景似乎也只持續到上週……
少年們眼前的兵庫和過去大相逕庭，不再是各種工廠櫛比鱗次的模樣。
「兵庫原本長這樣嗎？」
「怎麼可能！我們上次來的時候，工廠還冒很多煙……感覺就好像一座由鋼鐵和管線構成的都市。」

兵庫不再是少年們印象中的粗獷模樣，如今的景觀之中充滿未來感。

這裡看起來仍是工業地帶，但一棟棟工廠不再是原本方方正正的樣子，全變成了圓筒狀的純白建築，原本不斷冒出的黑煙也全部消失，整座都市保持著一片潔白。

原本幾乎覆蓋整座都市的鋼鐵管線現在被透明管子所取代，管子連接著各座工廠，裡頭有輸送帶在運作，將整齊排放的機械零件運往不同工廠。

就連不熟悉工業的蕈菇守護者也覺得這片景觀充滿工業之美。

「兵庫縣幾乎已經『復原』完成了。」紅滋露從兩人中間冒出頭，沒頭沒尾地說：「的場重工特別厭惡孢子，總是細心清除蕈菇，所以可能無力阻止鏽蝕的入侵。」

「這裡還有沒有人呢？」

「很難說。這一帶以神戶港灣人工島為中心，一直以來都交由人工智慧管理。這裡的環境不太適合人類居住。」

「那再待下去也沒意思。」

畢斯可說完吸了吸鼻子，微微皺眉，要芥川加快腳步。

他的搭檔一看就明白，畢斯可這野孩子不喜歡這一帶空氣中的藥品氣味，想要盡快回到平時走的那種充滿土地與草木芬芳的獸徑。

「快走吧，芥川也不喜歡這裡。」

JAPAN
鳥取
東海道新幹線
京都
兵庫
京都府廳「金閣」
的場重工
大阪
N
整體俯瞰圖

蕈菇守護者之鄉

日本地圖

MAP OF JAPAN

「等等，畢斯可，你看！」

芥川跑在錯綜複雜的透明管線上時，美祿忽然指向遠方。畢斯可順著他的手指望去，看見一棟特別高大的工廠屋頂上飄著一面紅色旗子。

「是信號旗，有人發出求救信號！」

「那種地方竟然有生還者？」

「真的耶，那裡原本是的場重工總部。」

紅滋露望著遠方的工廠，對少年們說：

「只有那裡『復原』了一半，留著過去工廠的影子。生還者可能是的場的員工。但從外觀看來，整間工廠已經被管線纏繞……他們或許只是沒辦法逃出來而已。」

畢斯可一副嫌麻煩的樣子，美祿從他手中搶過轡繩，要求芥川變換方向。芥川靈活地在空中管線上跳躍，邁向遭到大量透明管線纏繞的的場重工總部。

「喂！幹嘛去救的場員工啊！那些傢伙操控動物，把牠們做成兵器耶！」

「畢斯可不也會操控孢子嗎？」

「我不一樣，我是蕈菇守護者……！」

「別說什麼一不一樣！」

美祿打斷搭檔的話，以嘹亮的聲音說道：

「我們是去幫助需要幫助的人！如果對方是壞人，我們事後再跟他算帳。」

鏘、鏘！芥川用槌子般的大螯砸斷管線，總算在管線下方的工廠外牆上開了個洞。管線噴出一股熱氣，將一行人的頭髮和皮膚燻得都是煤灰。

「咳、咳，混帳，來這幹嘛……！」

「裡面很大耶。芥川，在這裡等我們！」

少年們將芥川留在入口，走進陌生的工廠。

工廠內空間寬敞，走道建在空中，眼前有嗡嗡作響，用途不明的巨大機械正在運作，還有不知用來鑄造何物的熔爐。

「這兒乍看粗糙，用的卻是文明崩壞前的工業技術。外觀雖然看不出來，但工廠內部已經『復原』得……唔、唔嘔嘔！」

「滋、滋露？妳怎麼了？」

紅滋露看見牆上貼的一張設計圖，突然開始乾嘔，美祿趕緊跑過去。

「妳是不是吸到毒氣了？我立刻幫妳處理！」

「不、不用，我沒事。只是『滋露』似乎對的場重工有些陰影……她一看到這張圖上的『交期』兩個字就……唔嘔嘔！」

「喂，你們過來一下。這邊好像在組裝機器人！」

畢斯可不顧同伴，獨自在工廠內走跳。他似乎發現了什麼，眼睛發亮地呼喊兩人。

順著他的指尖望去，可以見到機器吐出數種零件，並將其組裝為人型。組好的機器人由輸送帶運往工廠深處，接著又有新的零件送來。

「……那是鐵人嗎？它看起來很新，卻長得和鐵人一樣！」

「喔，那叫木人，是將鐵人等比例縮小後的小型機器人。雖然長得和鐵人很像，但主要用以作為警察配備，屬於自衛型武器。」

「小型？它有兩米半耶。」

三人正看得出神，忽然聽見樓上傳來一陣不亞於機器轟響的吶喊。

「喂、喂——！哇啊！終於有人來了！」

三人回頭看向聲音來處，只見那人在結構複雜的樓梯爬上爬下，好不容易來到他們面前，氣喘吁吁地說：

「太好了、咳，最近都沒收到聯繫，我還以為不會有人來了。」

「別怕，我們來救你了！你有沒有哪裡不舒服？」

「認、認真負責，很好，你們通過面試了，快、快來幫我工作吧。」

「……咦？」

那個男人頭髮和鬍渣都很長，他興奮地遞給三人「的場研究室　室長　鉛神戶」的名片，自顧自地說了起來，語速快到讓人難以理解。

「我想、咳、快點解開這個神祕的新、新型武器『木人』的謎團，該做的事太多了不知從何下手才好，我的人手、咳、卻不夠。本、本來應該讓你們做自己有興趣的工作，但現在十萬火急，你們先來當我的助手吧。」

「等——！等、等一下！我們是看到屋頂的求救信號旗才來的。你不想逃離這裡嗎？」

「你、你在說什麼？咳、我怎麼會想逃離這麼棒的機構？」男人的反應毫無虛假，他被煙嗆到咳了一會兒後，接著說道：「你搞、咳、搞錯了，我們的場工業區在都市化中擴大規模，獲得了夢、咳、夢寐以求的生產力。我是因為目前人手不足，難以維持這座新的機構，才發了求救信號。」

「咦、怎麼能因人手不足就掛出那面旗子！那要在攸關人命時……」

「的確攸關人命。」鉛室長將厚重的眼鏡推回原位，平靜地回答：「我們是工程師，咳、如果做不出精良的武器，就得立刻走人。這樣我就沒飯吃了。」

「木人7號，破壞目標！」

操作室中的鉛室長俯瞰寬敞的實驗室，對著麥克風叫道。

實驗室裡有許多整齊排列的木人，其中一台生硬地邁開步伐，將手伸向對面一個看起來就虛有其表的目標物。

「很、很好很好很好……咳、這就對了，擊倒它！」

木人7號那粗短的手臂喀嚓喀嚓變換成凶猛的槍砲……接著它不知在想什麼，突然朝自己的太陽穴開了一槍。

砰轟！木人的頭部在爆裂聲中與身體分離，撞上操作室的強化玻璃，使玻璃冒出大片裂痕。

「嗚、嗚哇啊——！」

室長嚇得從椅子上跌下來，紅滋露扶起室長，有些傻眼地端詳他的臉。鉛室長臉頰削瘦，眼睛卻炯炯有神，張著嘴大口喘氣。

「好、好吧，又失敗了。它為什麼老愛自毀呢？」

「鉛室長，你好像很久沒睡了，要不要休息一下？」

「不、不用，一週沒睡還不算久。實驗室亂掉了……赤星、貓柳！再幫我打掃一下！」

「知道了啦。」

鉛室長對著麥克風喊完，實驗室裡的畢斯可回瞪他一眼，隨手撿起木人的頭部。美祿也聽從命令，將木人們散落一地的殘骸集中至一處。

「可惡，打掃才是機器人的工作吧。美祿！你打算在這邊耗到什麼時候？」

「沒辦法啊，他答應我做完這場實驗，就要帶著其他研究者一起離開。而且……」美祿盯著毀損的木人零件，對搭檔說：「滋露說木人的構造跟我們在四國遇到的白機器人很像。參與實驗找出木人的弱點，說不定能幫到帕烏。」

少年們在實驗室中勤奮打掃的同時，紅滋露則在操作室裡走來走去，仔細觀察室內各種機械裝置，最後既佩服又傻眼地雙手抱胸，嘆了口氣。

「原來如此。我還在想沒有程式怎麼操縱木人，原來你將生物的思考模式植入木人之中。這種技術只有現代人辦得到，說起來也滿厲害的……」

鉛室長單手拿著能量飲料走過來，紅滋露轉頭望向他。

「……喔、喔喔！大茶釜，妳明白活體程式的原理嗎？」

「鉛室長，木人是機器『人』，你若植入熊或鱷魚的思考模式，它連怎麼操控手腳都不知道。一旦頭腦混亂引起過熱，它就會像剛剛那樣自毀，我想它就是這麼設計的。」

「哈哈，原、原來如此。它長成這樣，沒想到這麼纖細。」

「應該說現代機械太隨便了……」

紅滋露摸著下巴沉思一會兒，最後點點頭，對實驗室中的少年們喊道：「畢斯可、美祿，回來這裡。」語畢，轉向鉛室長說：

「若想有效運用活體程式，最好還是採用人類的思考模式。這樣木人就能活動自如了。」

「可、可是，將人類思考模式植入活體程式的機體一事從來沒成功過。人類理性過強，變成兵器後會充滿絕望，致使機體被絕望控制。這、這樣它更容易一啟動就自毀吧？」

「一般是這樣沒錯。但不用擔心，只要選用意志力出眾的人就行了。」

紅滋露說著便對板著臉進門的少年們招招手，鑽入快步走來的兩人之間，摟著他們的手臂對室長自信一笑。

「這裡就有三個優秀的人選。用我們的血液萃取活體資訊吧，鉛室長。」

「好，木人．滋露1，啟動！」

鉛室長按下操作室無數按鈕中的一顆，接著被漆成粉紅色的木人便噗一聲地吐出白煙，緩緩站了起來。

『滋露1　系統　啟動。』

「「喔喔喔！」」

畢斯可、美祿與鉛室長同時驚呼。這個木人搭載了滋露血液萃取出的滋露程式，成為新型機器人「滋露1」，在眾人面前威武地動了起來。

「再來，室長。下指令給它。」

「好、好的！滋露1，破壞目標！」

『明白　了。』

滋露1的雙眼朝著目標物射出眩目光束。

『攻擊目標　無機物　硬度6級　難易度　B。』

「喔喔喔、好厲害！還、還能分析目標狀態！」

『計算　完成。』

「太、太好了，上吧，滋露1！」

『需要　兩百日貨。』

「…………啥？」

滋露1停止分析，喀鏘喀鏘走向操作室，朝著鉛室長伸出手掌。

『此次　工資　為　兩百日貨。』

室長無言地愣在原地，紅滋露也一臉尷尬，他們後方的畢斯可則不禁捧腹大笑，美祿也拚命忍住笑意。

「啊哈哈哈哈！這、這傢伙繼承了滋露的血統，難怪死要錢。唔、唔嘻嘻嘻！你們見過這麼勢利的機器人嗎？」

「……總、總之先把錢給它吧。」

室長利用實驗室的機械手臂，將整整兩百日貨交給滋露1，它將那些錢倒入口中後，隨即朝向目標射出手上的加農砲。

轟隆！爆炸聲響起，虛有其表的目標物應聲碎裂。成果好得沒話說，然而室長的表情卻略顯陰沉。

「室長，如何？這不是成功了嗎？」

「嗯、嗯，功能上完全沒問題……但每次出任務都要收錢的機器人，沒、沒辦法拿來當商品哪。可惜只能將它打入冷宮了……」

『彈藥費　二十日貨。』

「好啦好啦！給、給你就是了，快給我回去倉庫！」

『美祿EINS　啟動。』

全身天藍色的木人靈活起身，鉛室長總算露出開朗的表情。

『使命必達，請您下令。』

「哇，看哪，真是充滿知性！我、我終於做出完美的木人了。」

聽見美祿EINS嘹亮的聲音，室長雀躍不已。美祿滿意地呵呵一笑，旁邊的畢斯可插嘴道：

「嗯，這可不一定喔，快點下令看看。」

「好、好的。美祿EINS，破壞目標！」

『知道……』

美祿EINS看向鉛室長指的目標物，瞬間停住不動。

「怎、怎麼了，美祿EINS？」

『無法執行任務。』

「咦咦，為什麼？」

『太殘忍了。』

「太……」

畢斯可再度捧腹大笑，他面前的美祿則羞得滿臉通紅。他們都知道美祿EINS繼承了美祿的個性，但它表現得太露骨了。

「哪裡、殘忍了？那只是一堆廢鐵啊，美祿EINS。」

『我也是鋼鐵做的。』

「可、可是……」

『人類會傷害同類的遺體嗎？這堆廢鐵也曾是我的同類，我的道德觀不容許我破壞它。請下其他命令吧，我會努力達成的。』

鉛室長聽得啞口無言，深深嘆了口氣。美祿湊近麥克風說：「美祿EINS，辛苦了，入列吧。」天藍色機器人聞言，順從地回到木人隊伍之中。

「性能明明這麼好，真、真可惜……」

「我倒覺得它是個聽話的好孩子。」

「不行，程、程式一旦搭載了同情心，咳、只會阻礙兵器運行。」

「不一定要拿它當兵器吧……！」

美祿的反應有些激動，紅滋露鑽進他和室長中間安撫道：

「好了好了，最強的還在後頭呢。」

她邊說邊回頭看向靠著牆壁，雙手抱胸的畢斯可。

「無論結果好壞，這都是最後一場實驗。要是連畢斯可機器人都失敗，你就要老實地讓大家去避難喔，室長。」

「嗯，好、好吧，畢竟都跟你們約好了……」

「喂！你幹嘛一副沒希望的樣子，這個機器人說不定超強的啊！」

畢斯可大搖大擺走過來，一屁股坐在室長隔壁。

「局長，放心吧。剛才他們的機器人在那邊磨蹭時，我已經畫好一張設計圖了。」

「我、我是室長，不是局長……咦、赤星，你竟然會畫設計圖！」

「你看看。」

畢斯可一臉認真地攤開一張紙，紙上以極為獨特的畫風畫著一個大大的機器人，它頭頂上方還驕傲地寫著「赤星壹號」。

「它的眼部機關可以射出綠色光束，左手拿電鑽，右手拿鐵鎚，膝蓋會流出溶解液，嘴巴會噴出一兆度的火球。」

「……那、那它脖子上的圍巾有什麼用途？」

「當然是造型啊，你問這什麼蠢問題！」

所有人見到畢斯可的「設計圖」後都大失所望。鉛室長為了說服躍躍欲試的畢斯可，慎選用詞對他說：

「這、這設計……咳哼、非常迷人。赤星，我們先測測看你血液和機體的相容性，再來準備這些裝備吧……」

「喔，好啊。」

畢斯可乾脆地同意鉛室長的要求，他望向實驗室，悠哉地雙手抱胸。

「那就趕快開始吧。安啦，絕對會成功的。」
（他、他哪來的自信……）
美祿和紅滋露見到畢斯可配合的態度，以及充滿期待的雙眼，不禁對看了一眼。
「你的眼睛閃閃發亮，到底在興奮什麼？像個孩子一樣！」
「你別阻礙科技進步。」
「就算失敗也別把氣出在我們身上喔，畢斯可。」
「煩死了——！我的機器人和你們不一樣，等著看吧！」

「好、好了！下一個木人，就預備位置。」
在室長的命令下，全身漆成紅色的威武木人由輸送帶運到了實驗室中央。
「開始吧。赤星壹號，啟動！」
啟動命令透過揚聲器響遍整間實驗室。
四秒、五秒……
下令完過了十幾秒，紅色木人仍一動也不動。
「好，失敗。」
「怎麼可能！局長，再發動一次！」
畢斯可對著嘲諷他的美祿吼完，抓起室長的脖子搖了搖，就在這時……

木人的眼睛「嗡」的一聲，亮起翡翠色燈光。

「啊！動了！」

「咦？啊，真的耶……你們看吧！局長！快對它下令。」

「等、等一下……它自己動起來了……？」

赤星壹號喀鏘喀鏘邁開大步，好奇地在實驗室中走來走去，用翡翠色光線掃視每個角落。

接著它拿起堆在實驗室角落的黑色絕緣布，用怪力撕破後，將那當成大衣披在身上。這舉動簡直像要強調自己是個披著大衣的蕈菇守護者。

「天哪，我、我們的珍貴材料。赤星壹號！不准亂動！」

「……糟糕。」一直默默觀察赤星壹號的美祿不由得喃喃自語：「雖然我覺得不太可能，但萬一它真的繼承了畢斯可的個性……！」

「回到定位，赤星壹號！」

「室長！請等……」

「赤星壹號！『服從命令』！」

揚聲器傳出這句話後，赤星壹號的眼神變得更銳利。強烈的翡翠色光束掃向操作室，照得眾人頭昏眼花。

「它生氣了！完蛋了，畢斯可！」

「開玩笑，繼承我血脈的機器人，怎麼可能這麼愛生氣。」

「你跟自己也太不熟了吧！快，扛起室長！」

兩名蕈菇守護者分別扛著滋露和鉛室長跳了起來，同時一根巨大鋼骨穿破玻璃刺進操作室。原來是赤星壹號憑著它強大的力量，扯斷實驗室的鋼骨朝室長擲來。

「我們太大意了！用畢斯可的血做成的機器人不可能聽話啦！」

「可、可惡……美祿！局長就交給你了！」

畢斯可似乎也覺得自己應該負責，他將昏倒的室長交給搭檔，轉身跳進實驗室內，撲向狂暴的赤星壹號。

「再怎麼說你都繼承了我的血，給我規矩一點！」

赤星壹號以拳頭迎擊，畢斯可壓低身子閃避後，一個前空翻跳過它的巨大身軀，並用手中的弓狠狠敲向它的後腦杓。赤星壹號頭部的裝甲被畢斯可的蠻勁敲破，裡頭冒出許多斷掉的電線，看起來就像它的頭髮。

但是赤星壹號還沒輸。那巨大身軀一轉身，宛如鋼柱的腳「嗡！」地劃破空氣，擊中了空中的畢斯可側腹。畢斯可雖在危急之際以弓抵擋，仍敵不過那強大的力道，噴飛出去摔在實驗室的地板上。

「畢斯可！」

「我沒事！別出手，美祿！」

畢斯可再度站起，凝視披著絕緣披風朝自己撲來的赤星壹號。他拔出蜥蜴爪短刀，剛才受到的踢擊使鮮血湧上喉頭，他「呸」地朝短刀吐了口血。

短刀沾了畢斯可鮮血後，刀身獲得食鏽之力，發出太陽色光輝。

「接我這招！」

畢斯可閃過赤星壹號揮來的鐵拳，順勢潛入對方懷裡，將食鏽短刀刺進它腰部的關節中。畢斯可繼續用力讓短刀插得更深，他身上湧出的太陽孢子流經短刀，隨後……

啵、啵！

中型食鏽穿破了它的鋼鐵裝甲。

『喔喔喔！』

赤星壹號全身電路被撐破，它哀號了聲，用盡力氣拉開畢斯可往美祿方向扔去。儘管它鬥志滿滿，受創嚴重的身體也已不堪負荷。它失去原有的氣勢，踉蹌幾步靠在牆上。

「畢斯可！」

「我知道！」

畢斯可回應完搭檔的呼喊後，將弓拉滿。眼前的赤星壹號以翡翠色光束直視著他。

「…………」

咻砰！

食鏽之箭「啵咕！」炸開，撐破實驗室的厚壁，使室外晴空下的光線照進昏暗的實驗室中。

赤星壹號看了看開在自己身旁的太陽蕈菇，又看了看外頭的藍天，立刻恢復力氣大吼一聲，它那黑色大衣翩翩飄動，爬上斜向生長的食鏞，逃到工廠之外。

「啊！你在做什麼？畢斯可！」

「射偏了。」

「咦咦咦！」

「我手滑。」

美祿知道畢斯可射箭技巧高超，一旦瞄準必能解決敵人。他覺得再問下去就太不識相了，因此雖然有點傻眼仍選擇不再過問。

「美祿，快來！室長受傷了。」

少年們聽見紅滋露的呼喊，隨即奔向室長。他身穿灰色上衣的腹部被碎裂的強化玻璃刺傷，傷口滲出鮮血。

「嗚……嗚嗚……我要不行了，誰、誰來接手我的研究資料……」

「鉛室長，這點傷不會有事的，我馬上……」

美祿從懷裡拿出醫療用具時，一陣喀鏘喀鏘的機器腳步聲接近四人，那具天藍色的巨大身軀湊了過來俯視室長。

『真糟糕，得趕緊治療。放心交給我吧。』

「美……美祿EINS？」

眾人還在目瞪口呆，美祿EINS已從口中拿出一個又一個醫療用具，以極為精準的手法治療室長的傷口，連縫合也在眨眼間完成。

『會痛嗎？』

「不，一、一點都不痛。美祿EINS，謝、謝謝你！」

『我只是做了自己該做的事，我隨時願意為人服務。』

巨大的鋼鐵機器人喀鏘喀鏘走回隊伍，眾人呆呆望著它的背影，一時之間不知作何反應。

「我的工作被搶走了。好強喔，美祿EINS。」

「不過真可惜啊，室長。這樣一來實驗……」

「實驗太、太成功啦！」

鉛室長打斷紅滋露的話，喜孜孜地歡呼起來。他抓起美祿的手用力揮了幾下後，緊緊地抱住美祿。

「史上從、從來沒有醫療技術這麼高強的機器人！多虧貓柳。這、這個新商品一定能改變世界！」

「唔呃呃！室長，好難受……汗、汗味好重——！」

「但這樣好嗎？的場重工不是賣軍事武器的嗎？那種機器人連破銅爛鐵都對付不了，可以拿來賣嗎？」

「當、當然可以。戰、戰爭時最需要醫療機器人，和平時也有需求。咳、仔細想想，比起一味破壞的兵器，這種機器人更有前景啊！」

話至此，鉛室長像是想起什麼，翻找了一下腰包，掏出一疊厚厚日貨塞進美祿口袋。

「我手上現在只有兩百萬，真、真抱歉。製、製成商品之後，我每個月都會付你5%！該召集研究員，設法量產美祿EINS了……哇，接、接下來會很忙呢，我看見了光明的未來湧來啦！」

「結果的場員工好像都留下來了。」

芥川靈活地在透明管線上奔跑，坐在牠身上的美祿嘆了口氣。

「我們明明是去救人的，卻讓他們定居在那邊……心情好複雜。」

「這樣也沒什麼不好。這座奇怪的都市在他們眼中可能是座樂園吧。」

「畢斯可說得沒錯，他們想留就留吧。而且如果美祿的醫療機器人遍及全日本，也能幫助到人啊。」

「話是這麼說沒錯啦……」

兩人的話語還是無法讓美祿安心，他將韁繩交付搭檔，自己眺望著遠方。這時眼前出現一個翡翠色光點，他定睛細看。

「……啊！赤星壹號！」

紅色木人站在高高的管線上，身著飄逸的黑色斗篷盯著行進中的芥川。它那破損的後腦杓冒出電線，如畢斯可的頭髮般隨風搖曳。

「畢斯可！你要放它走嗎？」

「我什麼都沒看見。」

「你就是這樣容易心軟。食人赤星好善良喔，名不符實。」

「你給我去吃竹子！」

赤星壹號望著芥川逐漸遠去，眼底燈光忽明忽滅……接著斗篷一甩也離開了現場，不知飛向何方。

5

京都府。

該府擁有日本最強的軍事與政治實力，亦為國家中樞。京都民眾的生活水準在現代日本可謂數一數二，任誰都嚮往他們的優雅生活。

然而好景只持續到一週前。

京都府廳「金閣」受到大批機器人的都市化攻擊，不到一天就淪陷，那座金碧輝煌的建築瞬間變成高聳的都市大樓。京都府高層被未知的外敵嚇得不知所措，顧不得面子落荒而逃，本應對外說明狀況的重要人士也一一逃亡，最後連公務員和民眾也鳥獸散般逃出京都府。

「平常那樣作威作福，一出事卻是這副德行。」

畢斯可看著極為氣派的京都府關隘嘆了口氣，拆掉包住臉的繃帶。

這座關隘空無一人，厚重的門扉大大敞開，已經毫無邊境檢查的功能。

「我們還扮成纏火黨，白費力氣了。」

「我就知道會這樣。算了，這樣更省事。」

「我去叫滋露和芥川過來！」

美祿說著便轉身離去，畢斯可望著檢查哨牆上滿滿的懸賞海報，找到自己和搭檔的撕了下來，端詳了一會兒後收進懷裡。

「畢斯可！待會先去嵐山，讓芥川休息一下吧。我們肚子也餓了。」

「給你。」

「嗯？這什麼？」

「你的懸賞單。」畢斯可跳到芥川身上將紙團扔給搭檔，邊打哈欠邊說：「提供賞金的京都府已經垮臺，這懸賞單也沒用了，留一張作紀念吧。」

「咦？留著這個食人熊貓做什麼？」

「你可以貼在醫院。」

「會嚇跑病人啦！」

「你們在看什麼？」紅滋露突然冒出頭，低頭望向美祿攤開的懸賞單。「喔，這就是美祿的懸賞單啊！……不過這照片好像舊了點，現在的美祿看起來更強悍、更威風了。」

「咦——！真的嗎，滋露？哇啊——！好開心喔！」

「我是看不出這張熊貓臉哪裡有差啦。走吧，芥川！」

「你自己又如何呢，畢斯可？我也想看看你的懸賞單。」

「……我的就不必了。來，抓好。」

「為什麼？沒什麼好害羞的吧？」

「不要！」

「我這邊有，我拿給你看，來。」

「哇，這臉真凶狠……京都府好壞，他本人明明更純真……」

「閉嘴啦——！快點收起來，混蛋！」

他們決定先去嵐山的溪谷舒緩旅途的疲憊。空蕩蕩的京都街道上，唯有芥川蹦跳前行。

充滿鳥鳴的綠色溪谷中，瀑布嘩啦嘩啦傾瀉而下。巨大的橘色甲殼類沉進瀑布下的深潭又輕輕浮起，時而翻過身來，讓瀑布打在自己的白色肚子上。

「噗哈！芥川，舒服嗎？一路走來辛苦了！」

美祿從水面下冒了出來，濺起水花，對芥川抱以一個大大的微笑。芥川的幹勁深深影響到牠的速度，因此少年們總會盡可能讓這名巨蟹戰士過得舒適。

美祿也藉由久違的沐浴療癒身心，潔白肌膚浮在清流上，深深嘆了口氣。和之前窩在忌濱時相比，他也長了一些肌肉（雖然還不到姊姊那樣），開始具備蕈菇守護者應有的健美體態。

「……畢斯可～！你不游嗎？水不會很冷喔！」

美祿向溪邊的搭檔喊了聲，畢斯可正將一個小鐵壺放在火上加熱，專注地盯著那個壺。他們一路走來用掉很多箭，畢斯可應該是想調配新的菇毒。

「你在熬菇毒嗎？用調劑機就好了嘛，比較安全。」

「開什麼玩笑，邪門歪道才用那種東西。既然要用菇毒，就要有調合失敗而死的覺悟，這是對蕈菇的基本禮貌。」

「你真守舊。」

「走開。」

美祿被搭檔趕走，只好一臉無趣地上岸擦拭身體，換上蕈菇守護者的長衫和褲子。

他忽然感受到某處傳來的視線，轉過頭去……

「美祿，你來一下……」

「滋露？」

岩石後的紅滋露肌膚裸露，紅著一張臉對美祿招了招手。

「滋露啊，這種玩笑我不會再上當嘍。我們已經是朋友……」

「不是啦！那、那個……你來就對了，美祿。我有事情要問你。」

她的聲音莫名焦急，絲毫沒有平時那種惡作劇的味道，美祿疑惑地張著嘴走向那塊岩石。

「怎麼了，滋露？」

「美祿，那、那個，」紅滋露從岩石後方探出頭來，睜著那雙紅色大眼，支支吾吾地說：「『滋露』舟車勞頓，睡著了。她的內、內衣……我不知道怎麼穿。呃，你是男的，問你也很奇怪，但總比問畢斯可好……」

「…………咦咦咦～～～？」

「噓──！畢斯可會聽到的。拜、拜託你，教我怎麼穿。」

不管怎麼想，滋露都不可能開這種拙劣的玩笑，而且紅滋露本人看起來也很苦惱，因此美祿毫不猶豫地走向紅滋露，安撫了一下驚慌失措的她後，迅速幫她穿好內衣。

「咦、你是怎麼……啊、啊、穿好了，原來是這樣……謝、謝謝你！」

「妳繼續看前面，我幫妳綁辮子。」

「抱、抱歉，這個我真的不會……」美祿編起那頭粉紅頭髮，紅滋露冒著汗瞄了一下身後的他。「可、可是，美祿，你也是男的，怎麼會這麼熟練？這也和你行醫有關嗎？」

「有關，但主要是因為我一不注意，帕烏就會脫內衣，我只好硬幫她穿。還有頭髮……她去約會時也是我幫她綁的。」

「哇喔，帕烏去約會……她那麼漂亮，應該很多男生追求吧！」

「她每次剛交往時雖然還算順利，但她的愛意和力量都太強了。男友只要在約會中偷看其他女生就會被當成出軌。她那些前男友各個頸椎都斷了～」

「……是、是喔，像她那樣的女中豪傑，用這種方式來篩選對象好像也很正常……」

美祿幫紅滋露綁完招牌的四根辮子，連衣服都幫她穿好後，她甩著辮子轉了個圈，滿意地雙手抱胸面向美祿。

「呼，剛剛真是嚇死我了。謝謝你，美祿！」

「不客氣。不過我能說件事嗎？」

「怎麼了？這麼正式。說什麼都可以！」

「『你』是誰？」

美祿稍微壓低聲音，眨了眨那冰一般的藍色眼睛。

「我不會再質問你這個問題。因為你既沒惡意又很重視滋露。我已明白你不是我們的敵人。」

溪谷內的瀑布聲掩蓋了滋露嚥下口水的聲音。

「……美、美祿，我……」

「不過，我也不排除『你』可能是個比我更強的謀士，連我這些想法都在你的盤算之內。所以要是你敢動畢斯可一根汗毛……」

那聲音低沉得不像美祿。他眼神犀利，水滴因他眨眼而落下，同時紅滋露的眉心也流下一滴冷汗。兩人沉默一會兒後，美祿重展笑容拍了拍滋露的肩，若無其事地將自己的大衣披在她那嬌小身子上。

「抱歉說了奇怪的話，忘了吧！該烤點魚來吃了！」

「美祿……美祿，等一下！」

美祿轉身邁開步伐，紅滋露叫住了他。見美祿回頭後，紅滋露跳過一顆顆石頭奔向他，下定決心似的抬起頭來。

「我、『我』的身分……」紅滋露不自覺提高音量，美祿隨即「噓」了聲，將耳朵湊近她。

「真要說明起來，你們可能很難理解……我擔心說了之後你們更會把我當成惡靈，對我更不信任，所以……」

「別擔心，我相信你。壞人才不會尊重被附者的身體呢，也不會……規規矩矩地幫她那對小胸部穿上內衣。」

美祿近距離面對紅滋露，笑著說道。

「但你要說什麼，對我說就好，先別告訴畢斯可。」

「畢、畢斯可……還是無法信任我嗎？」

「並非如此。」

美祿斜眼瞄了一下畢斯可，確定他還在溪的對岸盯著鐵壺，但美祿仍謹慎地附到紅滋露耳邊低語。

「負責腦力工作的是我。畢斯可還是像之前那樣把你當作附身靈，這樣我們各方面都會比較輕鬆。」

「說、說得也是……但美祿，你能接受嗎？這種事聽起來很荒謬吧。」

「真是的，別把我和畢斯可相提並論。」

美祿的聲音好似傳進了畢斯可靈敏的耳裡，他的視線如雷射般掃向美祿。美祿連忙對他揮揮手蒙混過去，接著又附到滋露耳邊說：

「我能接受，我有上過學。」

「畢斯可，你看。這是我入侵衛星拍到的照片。」

「……嗯？食人熊貓，八十萬日貨，身高……」

「畢斯可，背面、背面。」

「我找不到其他合適的紙，只好轉印在這背面。總之，這是放大拍攝到的京都府廳，你有看到府廳屋頂延伸出去的巨型鐵路嗎？」

「……衛星是什麼？這是從天空拍的嗎？咦，什麼時候拍的？」

「根本無法溝通！」

「畢斯可，簡單來說呢——」畢斯可大啖烤好的伯勞魚，心不在焉地看著衛星照片，美祿耐著性子向他解釋：「滋露的意思是，走這條鐵路說不定就能一口氣抵達群馬，所以我們改道前往京都府廳吧。」

畢斯可原本沒把紅滋露的話當一回事，搭檔卻突然插話進來，害得他吃到一半的烤魚掉在身上，叫了聲：「好燙！」

「美祿，你瘋了嗎？附身靈的話你也信？」

「她只是說話方式變了，骨子裡還是滋露啊。記得嗎？她曾在霜吹幫我們發動過列車呢。在風土民情和機械方面，滋露從以前就比我們在行嘛。」

「啥——！真的嗎——？」

畢斯可再次細看那張衛星照片，最後才明白無論自己再怎麼看都看不出個所以然，於是死心將照片塞還給滋露。

「美祿都這麼說了，應該不會有錯。我懂了，我們去那兒吧。」

「畢斯可！」

「好了，妳快吃吧。再不吃就要被芥川搶走嘍。」

「我、我吃！喔……河魚原來是這樣吃的啊……」

「笨蛋，吃伯勞魚的時候要先把牠的喙拔掉，再像這樣上下撕開……」

紅滋露吃著烤魚，一對紅眼睛閃閃發亮，畢斯可則在一旁教她吃法。美祿望著這忙亂旅途中莫名溫馨的一幕，露出了溫和的微笑。

「嗚哇——！畢斯可，你看那個！」

「那真的是府廳嗎？一點風情都不剩了。」

「原本的京都府廳『金閣』，也是個徒有華麗外表卻令人討厭的建築。」紅滋露瞇起眼睛，隔著美祿的肩膀望向聳立在遠處的巨大建築。「但像這樣完全都市化後又很無趣，反倒教人懷念起那個毫無品味的黃金屋。」

三人一蟹此行的目的地蓋著一棟高聳入雲、銀光閃閃的巨型都市大樓。從前那個金碧輝煌的京都府廳已不復見。

那棟都市大樓遠比少年們至今見過的還要巨大，也沒有左右扭曲或中途彎折之處。如此雄偉的建築堪稱古代日本的智慧結晶，現代人再怎麼努力都無法重現。

「……有了，那就是中央新幹線，是一條超高速鐵路。」

「是喔？」

水母辮少女指著大樓頂層，那裡確實有一根透明的管子不斷向東方延伸。就連畢斯可也能想像電車往來其中的模樣。

「只要爬到管子那裡就行了吧？走吧，芥川！」

「畢斯可，小心點……附近好像有人。」

畢斯可駕著芥川奔向府廳，接著就像美祿說的，他也感受到居民逃光後的廢墟中有道奇異的視線盯著他們。

「是火藥味，他們有槍。」

「嗯，但對方似乎沒有敵意，真的有危險再拿弓。」

少年們在芥川上交頭接耳完，前方忽然出現一名大塊頭男人扛著笨重行李緩步走來。男人朝著畢斯可大大揮手，似乎想要他們停下來。

「是穴熊。」畢斯可以鬆了口氣的語氣說完，讓芥川放慢速度。「可能因為京都的官差都逃光了，他們才來府廳撈寶吧。」

「美祿，穴熊是什麼？」

「穴熊是一群非政府認可的拾荒者。他們都很粗野，你先躲起來吧。」

美祿說完，紅滋露趕緊躲進芥川的行李袋裡，這時芥川也在男人面前停了下來，兩名少年從牠身上跳落至地面。

那名穴熊全身穿著堅固的鋼製盔甲，揹著火焰噴射器，臉上還戴著護目鏡和氧氣罩，裝備十分齊全。他以一些意義不明的肢體動作向畢斯可搭話。

「嘎嘎嘎嘎嘎，嘎嘎嘎，嘎嘎嘎嘎。」

「你說什麼？雜音太強了，聽不見。」

「嘎嘎嘎……抱歉啦，切到自己人的頻道了。我剛剛看到一隻紅色刺蝟衝過來，還想說是誰，原來是傳聞中的食人赤星，我太激動就叫住了你們。不過你真年輕，跟我家小鬼差不多。」

「賺賞金也是穴熊的事業之一吧？」

「是啊，但是提供賞金的政府垮了，我們也不做這個啦……要是賞金制度還在，我一定一看到螃蟹就把你們射下來。」

穴熊和畢斯可沉默了幾秒，突然拍著對方的肩膀哈哈大笑起來。美祿看著他們，眉頭抽動了兩下，露出一個尷尬的笑容。

「我家小鬼是你們的粉絲，幫我簽個名好嗎……糟啦，沒帶筆。」

「你們是來府廳撈寶的嗎？可惜黃金屋變成了這樣。」

「你也這麼想吧？我們看到這個鬼樣，本來也想早早撤退……」

穴熊抬頭看了看聳入雲霄的都市大樓後，從懷裡掏出好幾個紙盒。他打開精美的包裝，盒中隨即飄出一股香甜氣息。

「這……這是什麼呢？」

「吃吃看。」

見到善於嗅毒的畢斯可毫不遲疑地將那吃下肚，美祿也小心翼翼拿了一個放進嘴裡咀嚼。接著便有一股從未嘗過、極為甜美的味道在口中擴散，美祿原本帶著懷疑的眼眸瞬間亮起來。

「……！好、好好吃喔——！這是什麼？」

「盒子上寫說這叫『八橋』。」穴熊對少年們的好評很是滿意，繼續說道：「不只這些，府廳的玻璃櫃裡還堆了好多甜的鹹的、吃的喝的，現在這座府廳就像寶山一樣……唯一找不到的只有武器了吧。」

「但、但是分給我們好嗎？這麼珍貴的食物……其他人不會來搶嗎？」

美祿說著說著，仍忘不了剛才的味道，緩緩將手伸向盒子……卻發現滿滿一盒的「八橋」早已進到搭檔肚子裡，而且他正準備將最後一個放進嘴巴。

「這些東西，不管我怎麼拿都拿不完。府廳內部隨時都在變化，就像生物一樣，自己不斷地在進行改建。」少年們扭打在一起，爭奪最後一個「八橋」。穴熊沒理會他們，再度望向府廳。

「所以我為了這份工作也是拚了老命。我搭檔剛剛才被牆壁吸進去，就這樣失蹤啦。我想說一個人在裡面也很危險，就逃出來了。」

「咦？」

穴熊不經意的話語卻讓畢斯可嚇了一跳（爭奪戰最後由食人熊貓獲勝），他帶著歉意對穴熊說：

「原來你搭檔……抱、抱歉，我們這麼厚臉皮……搶你們的戰利品……」

「沒事啦，他運氣好的話，哪天就自己逃出來了。」

穴熊發出「嘎嘎嘎嘎」的錯頻笑聲，收拾好行李向兩人揮了揮手。

「現在進去『撿東西』，誰都不會說什麼。不過只能爬到二樓喔，越往上走，府廳蠢動得越厲害。還有千萬別搭電梯，之前有個爬到十樓的傢伙，變成肉醬掉下來呢。」

「知道了，謝啦！」

畢斯可也對遠去的穴熊揮揮手，這時後方的紅滋露悄悄從芥川身上爬出，迅速地走過來，抬頭看著畢斯可。

「這樣聽來，這棟大樓外側雖然美觀，但內部依然沒有復原成功。應該是系統更新時又出了錯……同樣的過程不斷重複。從內部爬向頂層可能還是過於魯莽。」

「美祿，翻譯。」

「裡面太危險了，還是不要進去吧。」

「我也這麼想。連專業的穴熊都會死在裡面，我們幹嘛傻傻地進去。」

「抱、抱歉，是我判斷錯誤，害大家白跑一趟……」

「怎麼會白跑一趟？」畢斯可跳上芥川，拉起滋露的同時不解地說：「我們不是要上去搭那什麼新幹線嗎？」

「咦？但若不進去府廳，怎麼……」

「不用進去啊。」

畢斯可將偷偷藏在懷裡的「八橋」扔至芥川面前，又拿了一個塞進紅滋露嘴裡。

「是說芥川本來就不可能進去啊，我們要爬牆啦。」

「要、要蛤大樓害牆？」

「吃完再說！」

「都市大樓這種平坦又脆弱的牆壁，對芥川來說很好爬喔。」美祿露出微笑，幫被「八橋」噎到的紅滋露拍了拍背。「就算裡面再混亂，只要外牆穩定就沒問題，放心吧，滋露。」

「妳待在行李袋裡，這樣才不會掉下去。走吧，芥川！」

在畢斯可的轡繩指示下，芥川以腳刨土，對久違的攀岩躍躍欲試。牠起跑的同時，兩名少年射出的杏鮑菇箭正好「啵咕！」盛開，以驚人的力道將芥川彈向府廳。

從遠處可以看見高聳的府廳外牆上，有個反射陽光的橘色物體正在奮力向上攀爬。

「那是啥？」

「呵呵，他們居然在爬府廳。」

「真不曉得蕈菇守護者在想什麼。」

「媽媽快來！他們好強喔。」

「讚讚讚，快爬、快爬！」

藏身在府廳周圍的穴熊紛紛走出住處，指著這稀奇的景象，七嘴八舌議論起來。

美祿對著下方的他們揮了揮手，仰頭望向芥川面前的廣闊藍天。

「好高喔！不知道這有幾層？」

「還要再爬一下才會到頂，杏鮑菇也幫我們省了點工夫就是了。」

芥川那八隻腳就像打樁機似的輕鬆穿破大樓外牆，極為穩定地將兩名蕈菇守護者送向頂層。

紅滋露從行李袋探頭往下看，那非比尋常的高度使她不禁發抖。兩名少年似乎已習以為常，即使世界傾斜90度，他們仍像平時一樣坐在鞍上，身上也沒綁安全繩。

「芥、芥川好厲害！竟能載著三個人，爬上平坦的牆面……」

「還要再一下，妳乖乖待在袋子裡。」

「好……」

滋露正要回答時，就聽見「啪啦！」一聲，一台不知名的機器撞破玻璃窗從大樓內衝了出來。它的好幾隻腳不停蠢動，「啪、啪！」刺在外牆上，以蜥蜴般的速度朝芥川奔來。

「！畢斯可！」

「又有新東西冒出來了！」

那台機器疑似腦袋的部位有著忽明忽滅的八色ＬＥＤ燈。畢斯可朝著那裡「咚咚咚！」連續射了幾箭。它原先正張開大口想咬芥川，中箭後「嗶！」地叫了一聲，背上「啵、啵！」開出蕈菇，便從府廳外牆掉落下去，摔碎在其他設施的屋頂上。

「滋露，那是什麼？」

「那也是『都市生命』！它的原型似乎是蜘蛛……叫它『都市蜘蛛』怎麼樣？」

「原型是蜘蛛？該死，芥川，跑快點！」

畢斯可聽了滋露的說明後皺起眉頭，要芥川加快速度。接著開始有無數隻都市蜘蛛從大樓正面、側面各個角落衝破玻璃而出。

「怎、怎麼這麼多！」

「有一種喜歡躲在高處的『鴉蛛』，不同於一般蜘蛛，過著群居生活。如果它們是由鴉蛛變來的，我們再不快跑就會被吞噬！」

兩名蕈菇守護者各朝左右射箭，藉此驅趕追來的都市蜘蛛。然而同一時間都市蜘蛛仍不斷增加，遠看就像一張黑色地毯撲向橘色異物，景象十分駭人。

「混蛋！」

畢斯可深深吸了口氣，全身颳起食鏽的火星，射出必殺的一箭。那太陽之箭射穿大樓，使閃亮的食鏽在大樓各處綻放，轉眼間就將一群都市蜘蛛掃落地面。

「哼！怎麼樣！」

「畢斯可，危險！」

畢斯可聽見美祿的呼喊隨即拉起韁繩。上層落下的瓦礫驚險地擦過芥川身旁，正面擊中下方的都市蜘蛛，使牠從牆上摔落。府廳大樓一下子就被食鏽侵蝕得搖搖欲墜，芥川的速度與穩定性因此大大降低。

「畢斯可，現在別用食鏽箭！菌絲太強，府廳會垮的！」

「那我該怎麼做？」

「讓我來！」

美祿射出一支錨箭，從芥川身上躍至大樓的外牆，冷靜面對群聚而來的都市蜘蛛，開始集中精神。

「畢斯可！美祿有危險！」

「妳才有危險，給我躲回袋子裡！」

「你們有什麼妙計嗎？」

「他應該有吧！」

「有、有夠隨便！」

即使身後傳來紅滋露的聲音，美祿仍閉著眼睛，掌中浮現一個高速旋轉的綠色方塊。許多都市蜘蛛一同撲來，美祿在它們的尖牙快要碰到自己時，將那方塊用力甩向大樓牆壁。

『won（俺）／shamdarever（香達里巴）／valuler（巴魯拉）／snew（蘇內巫）（使鏽蝕貫穿四周）！』

美祿一唸完真言，府廳大樓外牆頓時亮了起來，接著牆壁每個角落都長出宛如長槍的祖母綠色結晶，一一刺穿都市蜘蛛。結晶長槍發出「啪嘰啪嘰啪嘰！」的聲音不斷往外擴散且聰明地避開芥川的周圍，原本為數眾多的都市蜘蛛沒多久全被彈飛到地上。

「哇……美祿的真言原來這麼厲害！一個人就能操縱這麼多鏽蝕！」

「弄成這樣，為什麼大樓還不搖？」

「蕈菇是由菌絲扎根後盛開，但真言只會讓物體表面冒出鏽蝕結晶，大樓本身並不會受損。」

美祿被拉回芥川的鞍上時雖然疲憊不堪，卻一臉興奮地指著那些落在地上掙扎的都市蜘蛛說：

「你們看！那些都是我解決的！很厲害吧！」

「你早該這麼做。」

「稱讚我一句會死嗎！」

「等等！那些蜘蛛怪怪的！」

兩人聽見紅滋露的聲音往下一看，只見原先散落一地的都市蜘蛛迅速集結在一起，變成一團不斷膨脹的黑色物體。而後那團蠢動的物體轟隆轟隆長出八隻腳，瞬間化為一隻巨大的機器蜘蛛，用它的腳「鏘！」地刺進府廳大樓的外牆。

「哦～這也是鴉蛛的習性。牠們一旦被老鼠之類的天敵攻擊，就會像那樣集結成一大隻蜘蛛。」

「原來如此，牠們聚集起來，是想用巨大的外型威嚇敵人吧。」

「嗯……不過都市蜘蛛看起來不是要威嚇，比較像要獵捕我們。」

「現在不是讚嘆的時候！芥川，快跑！」

巨大都市蜘蛛以鐵鍬般的腳「鏘、鏘！」刺著外牆爬上大樓。它體型巨大，速度也比芥川快上許多，一下子就從最底層追了上來。少年們以蕈菇箭精準射斷它的腳，但它畢竟是蜘蛛的集合體，很快就恢復原形，什麼都攔不住它。

「可惡，要是能用食鏞……」

「！畢斯可！它吐了東西出來！」

巨大都市蜘蛛鏘鏘爬著牆壁張開大口，吐出像是黑色絲線般的東西。少年們用蜥蜴爪短刀斬斷絲線，但仍保護不了芥川的龐大身軀，眼睜睜看著好幾根線纏住牠的腳。

「哼！這種程度，芥川才……」

「……糟了，畢斯可，這些線！」

紅滋露話還沒說完，三人便感受到一股劇烈震動。黑線傳來東西燒焦的滋滋聲並發出藍白亮光，同時芥川的全身激烈地痙攣起來。

「是電線！畢斯可，它有通電！」

「什麼……混、混帳！」

鐵梭子蟹是種力大無窮的進化生物，電擊是牠少數的弱點之一。鐵梭子蟹的外殼正如其名，其性質被歸類為生物金屬，雖然耐熱又抗寒，卻很容易導電。一旦甲殼中的肌肉遭到麻痺，鐵梭子蟹便會全身無力，同類中最強的芥川也不例外。

「天哪！怎麼辦、芥川——！」

畢斯可聽著搭檔悲痛的呼喊，覺得自己已別無選擇。那頭紅髮搖曳起來，氣憤得宛若修羅，豁出去拉滿了弓。他身上冒出大量火花般的孢子，紅滋露見狀不禁大叫：

「不行，畢斯可！用那麼強的箭，連我們也會……」

然而畢斯可已經聽不進滋露的話。滋露繃著身子，準備迎接食鏽的炸裂，這時……

咻——嗡……砰轟！

一陣悶沉的爆炸聲自巨大蜘蛛背上響起。蜘蛛扭動身體「嘰——」地哀號起來，電線也斷了好幾根，芥川在危急之際抓住大樓外牆。

「那是什麼？火箭砲？」

「畢斯可，你看！」

的場重工製造的沙羅曼蛇火箭砲「咻——」地冒著煙呈弧線飛來，又一發彈頭在巨大蜘蛛的側腹炸開，幾隻蜘蛛冒著黑煙，離開群體落向地面。

「爽啦——射中了！」

「那不是……剛剛的穴熊大叔嗎！」

「嘎哈哈哈，看到年輕人在拚命，我也想助你們一臂之力啦。」萬丈之下的穴熊一邊為攜帶型沙羅曼蛇火箭砲填充砲彈，一邊喊道：「我們來掩護，你們快想辦法把那怪物打下來吧。」

接連飛來的炙熱砲彈激怒了巨大蜘蛛，它不顧一切衝向芥川時，一發砲彈擊中它的頭部。巨大蜘蛛失去平衡，身體大大後仰，使腹部暴露在兩人面前。

「畢斯可，趁現在！」

「好！」

畢斯可收起全身的食鏽孢子，拉滿弓瞄準巨大蜘蛛的腹部下方，迅速射出一支杏鮑菇箭。就在巨大蜘蛛站穩腳步，再度貼回牆壁之際……

啵咕！

杏鮑菇大大綻放，猛力推擠巨大蜘蛛的腹部，以銳不可當的威力將那巨大身軀彈向空中。

「真難打，不該小看它的！我錯了！」

「知道錯就好。」

畢斯可邊說邊露出銳利目光乘勝追擊，朝著墜落的巨大蜘蛛射了一箭。太陽之箭像一道光貫穿蜘蛛，食鏽「啵咕、啵咕、啵咕！」接連綻放，在空中將整群蜘蛛一網打盡。

「哇～他們贏啦！」

「蕈菇煙火耶！」

「赤星小哥，別大意呀——」

美祿確認蜘蛛完全化為瓦礫堆後，對歡呼的穴熊們揮了揮手……畢斯可則爬回鞍上，俯身望向芥川。

「芥川抱歉，很痛嗎？」

芥川「啵」地吐了個帶點焦味的泡泡，畢斯可輕撫著牠的甲殼低語道：

「……是我不對，讓你受了無謂的傷。我保證以後不會再自以為是，輕忽敵人……芥川，對不起……」

（……好久沒看到他這樣反省了。）

美祿盡量不去窺探搭檔罕見的柔和神情，這時紅滋露從袋子探頭出來，兩人對上了眼。

「……『你』會覺得畢斯可這樣很奇怪嗎？」

「不，美祿，我反倒覺得很惹人憐愛。」紅滋露以沉穩的表情看著畢斯可的背影，靜靜地回應美祿：「不管是『我』還是『滋露』，都覺得畢斯可這點很可愛……啊，好痛！」

「喂，快到頂了，要抓好喔。」

紅滋露賞了自己一巴掌後，不滿地撫著臉頰躲進行李袋，美祿見狀忍不住輕笑出聲。沒多久，芥川終於「咚！」的一聲爬上京都府廳屋頂，牠隨即坐下舒緩疲憊的腳。

「……好壯觀！這是電車嗎？」

「嗯，這叫東海道中央新幹線……是我們那個時代最快的電車。」

屋頂上的大車站中，可以見到鋪設在透明管子內的軌道，遠處軌道上停著一台造型極具未來感的緋紅色列車。

這幅光景在兩名少年看來相當不可思議，彷彿置身科幻漫畫的世界。

「在京都府廳上復原出新幹線真是錯得離譜，不過剛好造福了我們。這條鐵路本來沒有通過京都的。」

「好新喔，跟霜吹的貨物鐵路差超多。這種車要怎麼開？」

「交給我吧！如今只有我有權限能夠登入新幹線系統。你們先跟芥川在旁邊休息一下，我弄好了就來叫你們！」

紅滋露活力十足地回答完畢斯可，晃著辮子快步奔向列車。少年們看著她的背影，在芥川身前坐下嘆了口氣。

「這場旅行真糟糕，路上一直碰到詭異的東西。」

「嘴上這麼說，但你看起來還很悠哉嘛，畢斯可。」

「因為還滿好玩的，」畢斯可嚼著美祿從包包拿出的青蛙乾，精神奕奕地答道：「我不喜歡那堆白盒子，但已經很久沒在一趟旅程中遇到這麼多從未見過的事物了。」

「我真羨慕你的堅強。你還要再來隻青蛙嗎？」

「好。啊，有紅芝麻嗎？撒點紅芝麻比較好吃。」

「怎麼現在才講，我收進芥川的行李袋裡了。」

「是喔？幫我拿。」

「要拿你自己拿！……好吧，那來猜拳……」

少年們一如往常聊著天，突然有一道白光照向他們，只見紅色列車沿著空中的軌道鳴笛衝了過來。

「美祿——！畢斯可！抱歉，快上車！」

「搞、搞什麼！妳不是說發動前會來叫我們嗎？」

「是、是啊，對不起，是我操作失誤……」紅滋露在列車前端的駕駛座手忙腳亂地操控著裝置，但是她很快就放棄掙扎，從窗戶對兩人喊道：「動作快！列車就要加速了，你們會搭不上車的！」

「那個白痴，講得好像不關她的事一樣！」

「芥川，要走嘍！畢斯可，快點上來！」

芥川載著少年們奔向不斷加速的磁浮列車。然而舊文明引以為傲的那台列車速度極快，車身已然駛離京都府廳的屋頂。

「畢斯可，和我一起發射杏鮑菇！」

「這場旅行就不能悠閒點嗎，混帳！」

啵咕！

兩名少年射出的杏鮑菇箭在芥川身後炸開，使牠像球一樣彈飛，並在千鈞一髮之際將牠送上列車尾端。

而在他們身後，京都府廳頂層承受不住杏鮑菇發芽的力道，傾斜之後隨即崩塌。

「哎呀！幸好你們趕上了！我還以為死定了呢。」

「妳還好意思說！」

「抱歉，我不曉得怎麼開門，你們就讓芥川破門而入吧。牠腳折起來應該就能待在車內。」

列車廣播傳來滋露的聲音，少年們依指示駕著芥川奮力滾進車內，兩人都氣喘吁吁。

「好！上車之後一眨眼就到忌濱了。我要加速了！三位抓緊嘍！」

6

那是個昏暗的寬闊空間。

地上鋪著幾何形磁磚，磁磚上時而有紅光通過，照亮四周。

圓頂狀的空間深處掛著一幅極大的投影螢幕，白光在那上頭忽明忽滅。

這時……

叩、叩、叩。

一陣皮鞋音響起，被踩過的磁磚順著鞋音發出微光，照亮鞋子的主人。

他有著烈火般的紅髮與紅眸，半張臉上還留有一大片被食鏽侵蝕時的菌絲痕跡，端正的容貌散發出修羅般的駭人氣勢。

「……」

紅髮男子仰頭瞪著螢幕，畫面上可以見到白色機器人的手臂接連放出藍色粒子摧殘忌濱市街，同時聯軍亦拚命對抗敵人。

「阿波羅！」

一道人影發出鏗鏗鏗的腳步聲，穿過房間撲向紅髮男子……阿波羅。

「蕈菇消了嗎？我好擔心你喔！哇、你表情好可怕！」

「喬伊！別亂來！阿波羅剛起床。」

接著又出現一道人影抓住「喬伊」的頭髮，強行將他拉離阿波羅。喬伊玩興大減，不悅地吼道：

「你每次都抓我頭髮！雷吉你好粗魯，不能對我溫柔點嗎？」

「你過得太悠哉了，教訓你一下正好。」
「喂！」
「安靜。」
凍結空氣的低沉嗓音響起，使兩人僵在原地。阿波羅用力眨了眨無法順利闔上的右眼，斜眼看著兩人繼續說道：
「我應該教過你們，在別人面前吵架很『沒禮貌』……你們兩個明明是我的分身，怎麼都講不聽呢？」
喬伊被罵得一臉沮喪，雷吉則嚴肅地挺直腰桿。如阿波羅所言，他們有著紅髮紅眸，長相和阿波羅一模一樣。
兩人臉上有一些幾何形的接縫，使他們外型帶了點機械感，但品質明顯比那些量產型機器人高得多。兩人的區別也很明顯，喬伊的表情如孩子般純真，雷吉則總是面露焦躁。
「……算了，寬容也是種『禮貌』……跟我回報狀況。」
「就像畫面上這樣，阿波羅！」
喬伊瞬間將剛才的事拋諸腦後，開心地指著螢幕。即時影像正好顯示日本聯軍奮鬥無效，忌濱縣廳逐漸化為一棟棟摩天大樓。
「我們最初還在跟蕈菇苦戰，但我將你寫的抗體程式裝到白身上後，戰況馬上好轉！你看，這些大樓全是由敵軍屍體變成的！」

「哼！改造那座縣廳有什麼用？忌濱縣本來就不存在。反正都要洗掉，幹嘛浪費記憶體。」

「你是不甘心見到我打敗敵軍吧，雷吉。」

「混帳……！」

阿波羅瞪了雷吉一眼，雷吉隨即僵住。阿波羅抱著雙臂緩緩點了點頭，用低沉的嗓音開口說道：

「沒必要趕盡殺絕，這些傢伙傷得越重，反抗得越凶。接下來就減少白的數量……把我剩餘的記憶體用在『復原』上。」

「終於可以開始『復原』了！」

「因為蕈菇抗體程式已經證實是有效的。做得好，喬伊。」

「……為了你，我什麼都願意做……！」

喬伊正為阿波羅的讚美感到陶醉時，一旁的雷吉咂舌，插嘴說道：

「阿波羅，我要跟你報告另一件事。」

見阿波羅點頭後，雷吉便切換了螢幕的頻道。畫面一轉，變成京都府一帶的空拍照片。

「我們不是已經占領關西了嗎？」

「你看看這個。」

雷吉將照片放大後，顯現出京都府廳屋頂延伸出的新幹線軌道上，有一輛高速行駛的列車。

「東海道新幹線？它怎麼動了？」

「先不提其他有的沒的機器，現代的猴子不可能操控得了大眾交通工具。別說權限了，他們連個人編號都沒有。」（註：日本政府發放給居民的識別號碼）

「可是它在動耶。」

「所以我才要跟阿波羅報告啊，白痴！」

阿波羅盯著行駛的列車許久後，微微睜大眼睛，口中擠出一句低語。

「是『霍普』。」

「……霍普？」

「沒有別人了。」兩名分身同聲驚呼，阿波羅看都沒看他們一眼，繼續盯著影像說：「擁有權限，能夠操控東海道新幹線的人，包含我只有四個……阿波羅、喬伊、雷吉……還有霍普。」

「可是他！」雷吉困惑地追問阿波羅：「他背叛阿波羅……站在猴子那邊，所以……死了不是嗎？阿波羅親手……」

「對啊，我們親眼見到阿波羅殺死霍普，阿波羅親手粉碎了他啊！」

「我並沒有殺他，而是將他再度分解為粒子。」

阿波羅面不改色，用大拇指的指甲搔了搔嘴唇。

「難道他化為粒子後，還保留著『霍普』的自我意識……？」

「咦咦？」

「我就覺得奇怪。假設霍普一直以粒子形態漂流日本各地，引導人類，趁我們沉睡時，將能夠吞噬阿波羅粒子的『孢子』散播開來……藉此對抗今日的『復原』計畫。若這是真的，難怪我們這一仗會打得這麼辛苦。」

阿波羅既像自問又像呢喃的話語使兩名分身聽得目瞪口呆，愣在原地。

「所以那個叫『真言』的奇怪命令語，也是他發明的嗎……」

阿波羅站著思索良久，忽然轉身背對螢幕，邁開腳步。

「啊，阿波羅！」

「雷吉，在全東京設置四級防護牆，可以用我的記憶體。」

「防護牆？但、但日軍已經被喬伊擊敗……」

「霍普與我們為敵，不知道會玩出什麼把戲。而且他恐怕還有一張王牌。要是不盡力做好準備，『復原』會受影響。」

「王牌……？」

阿波羅回頭瞪大紅眸，右眼登時浮現出菌絲，喬伊和雷吉隨即明白「王牌」的意思。阿波羅見他們點頭後，他腳下的方形磁磚便開始下沉，化作一台高速電梯落往遙遠的下層。

「……阿波羅緊張了嗎……？」

喬伊看著阿波羅漸往下層而去，有些不安地低語。

「阿波羅本來就很恐怖，但今天的他比平常還恐怖……」

「白痴，阿波羅怎麼會緊張？」

雷吉和喬伊盯著同一個方向，回應道：

「別忘了，阿波羅已經將不安定的情緒移到外部，轉化為分身。我們就是他的分身，只要照他說的做就好。不過，阿波羅的弱點是『禮貌』，若有無謂的『禮貌』阻礙了他……」

「……我知道，我的工作就是以有利的方式，曲解『禮貌』的定義。」

喬伊帶著些許怒意回應雷吉，但仍以不安的眼神望著阿波羅站過的地方。

（我一定會去救妳。）

（就算要花幾十、幾百年。）

（我一定會從荒蕪中……）

（將妳拯救出來。）

（我一定，會去接妳……）

阿波羅彷彿一個旁觀者，看著這些念頭斷斷續續閃過，最後把心一橫閉上眼睛。

「……沒問題，不管敵人是誰……我都能達成目標……」

阿波羅喃喃自語完，從此不再想任何事。電梯下降時的震動，使他的身體與紅髮微微顫抖。

7

「喝啊——！」

烏黑亮麗的長髮在空中迴旋，鐵棍「霍！」地揮下，敲碎兩台白機器人。另一台機器人趕緊扭過身避開鐵棍並射出藍色方形子彈，然而第二記鐵棍發出悶響，彈飛了子彈。

「嘿呀——！」

黑色旋風接著發出「啪、啪！」炸裂空氣的聲響，以鐵棍畫出十字。縱使鐵棍碰都沒碰到白機器人，那陣衝擊仍使它的表皮「啪嘰！」呈十字裂開，它的身體隨即在空中四分五裂。

貌美女戰士帕烏落在草原上，爆炸風吹動她的長髮，那張側臉瞪著天空。她的戰鬥技巧已恢復原有水準。

「喲呵呵呵！好厲害的遠擊呀，這已經不叫防身術了唄。」

「若我有意殺了對手就會像這樣。賈維老爺，剛剛那是最後一台了吧？」

「沒錯，追兵不知為何突然減少了……不過咱們也傷得不輕哪。」

賈維回過頭，只見飄著浮游藻的原野上紮著許多帳篷，四處傳來疲憊士兵和傷患的哀號。

屯駐在忌濱的第一軍團和機器人交手時，起初占了上風，敵軍卻突然全對菇毒產生了抗藥性，聯軍仰賴的蕈菇守護者因而損傷慘重。後來帕烏決定忍痛放棄忌濱，讓第一軍團撤退到第二軍團駐紮的忌濱北部——浮游藻原。

「老夫要去給蕈菇守護者們打打氣，妳也去看看自衛團唄。」

「好的……賈維老爺，抱歉，都是我無能。」

「喲呵呵，老夫就當沒聽到嘍。」

帕烏望著賈維快步走向蕈菇守護者的帳篷後，重新綁好護額，朝自衛團的帳篷走去。那裡一樣瀰漫著飽受都市侵蝕的戰士們的痛苦呻吟。

「那、那茲，那茲！不行，你不能死！」

「我們三個人不是到哪都在一起嗎？你不能……不能先走一步啊！」

帕烏聽見熟悉的聲音，隨即掀開帳篷。蠑螺帽少年那茲的胸口至手臂一帶受到都市侵蝕，康介和普拉姆在他身邊哭泣。

「帕、帕烏小姐！」

「知事！他為我擋下了敵人的攻擊。還找不到治療方法嗎？他撐不住了……再拖下去，那茲就……」

「吵死了……咳、你們、不准對知事無禮。」

「那茲！」

那茲雙眼微睜，搖搖晃晃地撐起上半身，將身體靠向父親遺留給他的魚叉，勾起嘴角笑道：

「知事……我解決了十名敵軍……那支殿後的鐵梭子蟹部隊、差點全滅，我也將牠們成功護送過來了。」

「好，你很棒。你是忌濱自衛團之光，那茲。」

「這樣妳就、欠我一個人情了，知事。請念在我出生入死的份上……幫我照顧愛哭鬼康介，還有愛管閒事的普拉姆。奪回……忌濱之後，請給他們薪水和大房子……」

「好，你別說話了，我答應你……但前提是你要活著。對他們來說，你比金錢和名譽更重要。」

「……我殺了十個，這樣、去見老爸……也不丟臉了……」

那茲意識朦朧，最後昏了過去，帕烏將他交給淚眼汪汪的普拉姆和康介。看見他們無聲地抱著好友，帕烏深感無力而咬緊下唇。

這時……

「敵人來襲——！西南方飛來不明機械物體！」

「那是什麼？是蛇嗎？是隻巨大的機械蛇！」

帕烏聽見衛兵的敵襲警報後迅速衝出帳篷。她望向西南方的天空，那裡確實有個不明的帶狀物體正往這裡延伸過來。

「知事！請下令砲擊！我們這就用河馬砲兵把它打下來！」

「不……等等，那是……」帶狀機械那頭傳來一股極為熟悉的感覺，帕烏因而下令停止攻擊。「等等，停止射擊！那不是敵軍！」

聯軍正為帕烏的話感到不解時，一輛又亮又長的紅色列車乘著帶狀機械，劃出弧線自空中疾駛而來。它以迅雷般的速度通過帕烏上方，又衝過帶狀機械的終點，維持原速衝向浮游藻原遙遠的另一端，在該處墜落爆炸。

帕烏和自衛團所有人全都目瞪口呆地看著這一幕。

地面「轟！」地發出巨響，龐大的鐵梭子蟹在眾人身邊著地。螃蟹自豪地舉起大螯，牠的鞍上坐著髮色如火的蕈菇守護者、大口喘氣的水母辮少女，以及帕烏親愛的弟弟貓柳美祿，他同樣大汗淋漓又氣喘吁吁。

「居然叫我用真言變出軌道，太亂來了！」

「呃，抱、抱歉，我沒想到這條路線復原時，竟然沒有產生終點站。不過你看！我們成功啦，這不是順利抵達浮游藻原了嗎？」

「這是後見之明！」

「美祿！」

美祿正向滋露抱怨時，姊姊充滿愛和喜悅的聲音傳進了他耳裡。美祿望向聲源見到姊姊本人，疲憊的表情瞬間轉為燦爛笑容，他從芥川身上跳下，抱住姊姊說：

「帕烏！還好妳沒……啊！妳又沒穿了！」

「你也是……沒事就好。不過這出場方式太古怪了，我們差點就用大砲把你們打下來。」

「呵呵，這是我們計策的一環。妳看那邊！」

帕烏看向美祿所指的方向，只見芥川蹦跳到山丘上高高舉起大螯。而在牠身上雙手抱胸、威武站立，大衣隨風飄動的人，正是被世人神格化的蕈菇守護者，「食人赤星」本人。

「赤……赤星。」

「食人赤星？」

「蕈菇守護者乘著流星降落了！」

聯軍見到那火花四散的英姿，開始七嘴八舌。這時一群來自島根，由僧正坎德里率領的明智宗僧侶為赤星的聲勢推波助瀾。

「恭迎菌神赤星大人——！」

「恭迎——！」

在坎德里震耳欲聾的號令下，明智宗的僧侶一同下跪。因戰況不利而氣氛低迷的聯軍營區頓時熱鬧起來，為了英雄的華麗降臨而歡聲雷動。

紅滋露悄然來到美祿身邊，指著那幅景象開心地跳起來。

「跟我們想的一樣，美祿！你看，畢斯可光是站在那裡，就擄獲了大家的心！……他本人好像有點尷尬，但也只能請他忍耐了。」

「滋、滋露，妳果然怪怪的……」

「帕烏，這很難說明，但他不是滋露……」

「美祿，這晚點再說。營地所見之處都是傷患，得先幫他們治療都市化的傷。」

「滋露，妳知道怎麼做嗎？連美祿的食鏽安瓶都治不好都市化的傷。」

「世上能夠清除都市製造者的人只有四個，其中願意主動這麼做的只有我而已。」

紅滋露自信一笑，額頭上的紅色印記隨之亮起。

「阿波羅白是量產型的，權限比我弱得多。它們的都市製造者，我只要摸一摸就能治好。」

紅眼水母辮少女輕輕一摸，受都市化摧殘而瀕臨死亡的士兵和生物兵器的皮膚瞬間恢復健康，得以保住一命。

「這是赤星大人的加持。」

水母辮少女每次都留下這麼一句話，促使聯軍開始信奉赤星畢斯可，完全無視本人的意願。蕈菇守護者奇蹟似的降臨也讓萎靡的士氣躍升到最高點。

「跟我們想的一樣！畢斯可的魅力讓大家精神滿滿！」

「但好像太過火了。畢斯可不喜歡自己被當作神明崇拜，我們好殘忍。」

「滋露妳這傢伙——！」

美祿和紅滋露在帳篷裡說著說著，畢斯可本人就衝了進來。他腳邊還有幾個老僧為了開運而摩擦他的鞋子，畢斯可好不容易甩開他們後一把抓住紅滋露的脖子，拖著她穿越營地。

「哇啊！畢斯可，對女孩子要溫柔點！」

「閉嘴！誰叫妳到處說些有的沒的！害我被人摸來摸去，他們還往我身上投香油錢，有夠倒楣。我要叫艾姆莉幫妳除魔。」

「好、好痛好痛！別、別扯我的辮子！」

畢斯可就這樣大步走向菌神宗的營地，掀開了最大那座帳篷。

「喂，艾姆莉！我帶附身靈過來……嗯嗯？」

「啊！畢斯可哥哥，你來得正好，其他成員剛剛到齊。」

帳篷中除了艾姆莉、拉斯肯妮外，還有帕烏、賈維、大茶釜大僧正以及其他重要人士。

「啊，大家都到了。那麼霍普，請上座。」

「好。」

晚一步抵達的美祿說完，紅滋露便坐進主位。美祿拉著目瞪口呆的畢斯可坐在紅滋露旁邊。

「霍普大人，人都到齊了。」

「嗯，謝謝。我想和各位談談今後的計畫。」

「感謝霍普治癒傷患，使戰力大幅恢復。報告一下我們的軍備……」

「喂！等一下、等一下！霍普到底是誰啦！」

畢斯可見眾人自顧自聊了起來，忍不住起身打斷。眾人訝異地看了看畢斯可後，再度望向紅滋露。

「霍普大人，你什麼都還沒對畢斯可哥哥說嗎？」

「那個……我在路上曾經努力過……唉，事到如今也不能再隱瞞了，必須對畢斯可說明真相。」

紅滋露喃喃自語完後，擦了擦額頭上的汗水，豁出去似的對畢斯可說：

「……畢斯可，首先我要跟你道歉。『我』並不是滋露。」

「……妳在說什麼啊？妳怎麼看都是……」

「我叫『霍普』，我借用了滋露的身體，將你和美祿引導至此。目的是打敗阿波羅，在東京的威脅下守護全日本。」

「……」

「這副身體的確是滋露的沒錯，但她的精神正在沉睡。現在她身體的基本權限都在我的控制之下……」

「所以你……擅自操弄著滋露的身體嗎！」

「畢、畢斯可！不是這……」

「快從她身上滾出來，混蛋！」

畢斯可揪住霍普的衣領，頭髮如烈火般豎起。拉斯肯妮和帕烏連忙制止，兩位孔武有力的女傑好不容易才擋下畢斯可的怪力。

「畢斯可哥哥，冷靜點！霍普大人是來幫我們的！」

「祖師爺自古以來就在關注人類的進化，今日窩們得以與東京抗衡，也是祖師爺的功勞。」

艾姆莉和大茶釜大僧正拚命規勸憤怒的畢斯可，這時美祿晃到他們身前，「啪啪」拍了拍搭檔的肩膀。

「各位，這樣是行不通的。要讓畢斯可了解一件事，簡潔才是關鍵。必須將重點整理在兩項以內。」

「美祿！連你也要幫這傢伙說話嗎！」

「畢斯可，聽我說，你需要明白兩點。一、霍普是我們祖先的靈魂，他來教我們怎麼打敗阿波羅。」

「…………」

「二、滋露受阿波羅攻擊，霍普為了治療她而進到她體內。滋露現在雖然沒辦法行動，但她平安無事。」

「……祖先的、靈魂。嗯嗯？是守護靈嗎？」

畢斯可聞言，一頭怒髮垂了下來，緩緩地將雙眼緊閉的霍普放回地上。

「所以當時祖先是為了幫助都市化的滋露，才附到她身上的嗎？」

「你好聰明！我就知道你聽得懂。」

「喔喔……」

畢斯可盯著空氣思索了一會兒後，豁然開朗似的點點頭，將方才的怒意拋諸腦後，在霍普身旁盤腿坐下。

「抱歉，聽到你控制她的身體，我還以為你是惡靈。若是祖先來保護子孫的身體，反而是件好事。」畢斯可意思意思邀請霍普坐下，胡亂幫他拉了拉衣服上的皺褶。「你為什麼不早點告訴我呢？要是知道你是守護靈，我一定會對你客氣一點。」

「因、因為……我沒信心能讓你理解這件事。」

「美祿只講兩點我就懂了耶。你也太小看我了吧，霍普！」

畢斯可咯咯笑了起來，他的轉變令艾姆莉瞠目結舌，拉斯肯妮也忍不住笑出聲來。帕烏傻眼地托著臉頰，嘆了口氣詢問賈維：

「賈維老爺，蕈菇守護者都像他那樣，對神佛或靈魂深信不疑嗎？」

「別把咱們混為一談。」

「喂！你們少在那邊囉哩囉唆。」

美祿的一番話化解了畢斯可的疑慮，畢斯可還表現得像一開始就支持霍普一樣為他說話。

「你們不是要想辦法打倒機器人嗎？門外漢再怎麼想都沒用，還是乖乖聽霍普的話吧。」

帕烏聽得青筋暴露，咬牙切齒。美祿拚命安撫完姊姊後，像個獅子訓練師般在畢斯可隔壁坐下。眾人先將各自複雜的情緒擺在一邊，圍著霍普準備召開軍事會議。

8

「……基於上述原因，我們已經沒剩多少時間了。我不想強迫疲憊的軍士上戰場，但我們無論如何都得在明天搶回忌濱，攻入東京。」

霍普像個老師一樣，在黑板上畫出複雜奇怪的圖形，最後在寫著「東京」的圓圈上畫了個大叉，輕輕拭去額頭上的汗水。

霍普這番話牽涉層面過廣，放眼望去，帳篷中所有人都驚訝到停止交談，呆呆望著他。能夠平靜聆聽來龍去脈的只有大茶釜僧正，以及本來就對此事不太感興趣的賈維。

「……沒想到這件事的起因可以追溯至那麼久以前……」

「真教人難以置信，他竟想復原世界？」

霍普說完話隔了一會兒，帳篷內才開始嘈雜起來。美祿也貼近搭檔的臉，小聲地對他說：

「畢斯可，他說阿波羅是古人呢。我們好厲害喔！用蕈菇趕跑了像神一樣的傢伙！」

「呼嚕———」

「我就知道你在睡覺！快起來，笨蛋！」

「好痛！」

美祿狠狠拍了下他的後腦杓，畢斯可戴好歪掉的風鏡，向美祿抗議道：

「有什麼辦法！他說不打倒東京，日本就會滅亡，這我能理解。但他後面說的東西太難了，我根本無法吸收。」

「嗯，說得好，那我就整理得簡潔一點，讓畢斯可也能聽懂。」

霍普點點頭，在黑板前將手輕輕一揮，黑板上密密麻麻的文字像被風吹散般瞬間消失。霍普毫不在意眾人的驚訝反應，開始用粉筆寫下重點。

「一、敵人是『阿波羅』，製造鏽蝕的人」。

「製造鏽蝕的人？那就是個大壞蛋嘍！他為什麼要這麼做？」

「簡而言之，他這麼做是出於好意，卻失敗了。」

「什麼鬼？」

「下一點。」

「二、阿波羅想將全日本倒轉回『2028年』」。

「這就是傳聞中，鐵人在東京爆炸那一年吧？」

「沒錯。」霍普轉向發問的艾姆莉，點頭說道：「傳說日本是在鐵人爆炸後滅亡的，這個說法大致正確。實際上當時是鐵人搭載的阿波羅引擎，裡頭的阿波羅粒子……算了，這段說明先省略吧。」

「我們走過的橋梁和府廳也是2028年的產物？」

「嗯，畢斯可，你只要知道這些就夠了。」

「你的說法很教人在意耶。」

「你應該高興才對，以你的資質，這樣已經很不錯了。」

「你就能聽懂嗎，混蛋！」

「我有上過學。」

「最重要的是最後這一點。」

少年們像吵架的貓一樣扭打在地，霍普沒理他們，寫下最後一段文字。

「三、阿波羅由純度百分之百的鏽蝕構成，能打倒他的只有畢斯可一人」。

「這個我就能看懂了……嗯，只有我？為什麼？」

「畢斯可，阿波羅很可能已經取得對付孢子的強大抗體，一般蕈菇無法穿破他的身體。」

霍普忽然略為降低音量，加重語氣對畢斯可說道。

全場鴉雀無聲之時，唯有美祿自信一笑，追問霍普：

「那麼，若非一般的蕈菇呢？」

「問得好，美祿。」霍普聽了美祿的話滿意地點點頭後，與畢斯可視線交會。「食鏽擁有蕈類最強的發芽力，自然另當別論。唯有食鏽能夠承受阿波羅的攻擊，給他致命一擊……沒有武器比畢斯可和美祿的食鏽箭更好了。」

「這樣啊。」

畢斯可聽著霍普的說明扭了扭脖子，想起與阿波羅交手時的事，露出閃亮的犬齒。

「正合我意。我們上次的決鬥在兩敗俱傷下結束，我還沒為老家的蕈菇守護者報仇呢，我要揍得他體無完膚！」

「問題是要怎麼把二位送進東京內部？」

全身毛茸茸大茶釜僧正探出身體，向霍普請教：

「敵軍『阿波羅白』安裝了阿波羅的抗體程式，已對蕈菇產生抗藥性。窩們失去了這張王牌，真的能突破那批大軍嗎？」

「……他已經將抗體安裝在白身上了？動作真快。他傷得那麼重，我還以為他暫時不能動了……」

霍普雙手抱胸，發出一聲低吟後陷入沉思。

「霍普，阿波羅有什麼弱點嗎？自以為是、容易生氣之類的。」

「若他愛好女色，就能色誘他了。」艾姆莉興奮地抱住拉斯肯妮的脖子，「這是我們最在行的喔，這裡就有四個性格派美女呢。」

「妳把自己也算進去了嗎，艾姆莉？」

「母親大人，您有意見嗎？」

「沒用的，要找到阿波羅精神上的弱點非常困難。他刻意將自己的情緒切割出來做成分身，我也是其中之一。他本人一心只想達成任務。」

「將情緒切割出來？」

艾姆莉驚訝地睜大眼睛後，不悅地喃喃說道：

「那個叫阿波羅的還真無趣，看見美女一點反應都沒有，太沒禮貌了。」

艾姆莉不經意說的一句話卻讓霍普動了動眉毛，睜大紅眼。

「艾姆莉！妳剛剛說什麼？」

「咦、咦？我說……他看見美女都沒反應。」

「妳說他『沒禮貌』。」霍普有些激動地打斷了艾姆莉的話，「對，還有這一招！這就是那傢伙的致命弱點！」

「霍普，什麼意思？你想到什麼好辦法了嗎？」

「對，容我更正一下，他有一項絕對不能打破的原則……就是『禮貌』。」霍普想將晃來晃去的水母辮綁成一束，卻被自己打了一巴掌，只好作罷。「『禮貌』寫死在他的程式裡，順位優先於任何行動。」

「他、他為什麼把程式寫得那麼不方便……」

「說來話長，總之這是關鍵。再來就看怎麼把『禮貌』放進戰略中……嗯嗯嗯。」

霍普陷入沉思，帳篷內又恢復寂靜，只聽得見畢斯可「嗯唔——」不知是鼾聲還是夢囈的低吟恣意響起。

「那個荒神般的男人，光看睡臉倒像個無邪的孩子……」

聽見帕烏喃喃自語，美祿隨即轉過頭去。帕烏平時像女修羅般威風，看見畢斯可的睡臉卻露出了溫和的慈母笑容。

「……霍普，若是這樣的計畫，符合你說的『禮貌』嗎？」

美祿湊到環著胸的霍普耳邊低語幾句後，霍普睜大紅眼頻頻點頭，驚訝地望向美祿。

「這、這真是……破天荒的嘗試。是很大膽沒錯……嗯，可能行得通！『禮貌』之中的確有這樣的項目！」

「這點子很好吧！一定會很順利！」

「可、可是……」

霍普來回看了看睡著的畢斯可和一旁的帕烏，壓低聲音對美祿說：

「我好像沒資格講這種話，但、但這種事應該要取得本人同意吧？我覺得畢斯可應該不會輕易同意……」

「沒問題。」

美祿從容地說。

「畢斯可以前答應過帕烏，她要什麼畢斯可都會給她。」

9

隔天中午。

食鏽畢斯可宛如神仙下凡，他的神威之弓使軍心大振，日本聯軍就此更名為菌神同盟軍，一舉攻入白機器人占領的忌濱縣內。蕈菇守護者改為操控搭載的場重工大砲的螃蟹砲兵，和鬣蜥騎兵聯手破壞了一群群白機器人。

群馬的沙河馬兵、各教派的僧兵、的場重工的重兵器輪番上陣，不到兩小時，聯軍就速戰速決搶回忌濱了。

「各位辛苦了！」

帕烏滿頭大汗仍展露笑容，向全軍喊道：

「感謝各位合作無間！不過敵軍應該很快就會重整旗鼓，朝忌濱攻來。請將縣內無法容納的大型兵器布署在縣南的埼玉沙漠，嚴防敵軍侵襲。接下來……」

帕烏將站在她身後，一臉不悅的畢斯可拉到大軍面前，再度扯開嗓子。

「有請菌神赤星畢斯可，為我們的勝利說幾句話！來吧，赤星！」

「……」

眾多觀眾滿心期待聽到畢斯可的聲音，這種狀況實在和畢斯可平常的生活相距太遠，他不知該說些什麼才好。既然無話可說，他只好朝著高高的大樓將弓拉滿，「咻砰！」快速射了一箭。

啵咕、啵咕、啵咕！

大軍發出驚呼，望著都市大樓在食鏽侵蝕下倒塌。畢斯可趕緊下台，接著就聽見大軍一片歡聲雷動。

「哈哈哈！表現得不錯嘛，赤星！」

「閉嘴！我再也不上台了！」

「你的臉紅成這樣，連刺青都看不見了。哈哈哈，開玩笑的，別生氣！」

帕烏黑髮飄逸，揮手離去。畢斯可氣呼呼地望著她的背影。

「別那麼小心眼。忍忍吧，忍一忍就過了。」

「賈維！」

發現師父站在自己身後，畢斯可終於安心地嘆了口氣。

「開什麼玩笑，我被通緝時還更自在一點。」

「反正這場戰役結束後，咱們又會變回過街老鼠，別擔心……對了，要再麻煩你多參加一場儀式。」

「咦咦！還有什麼儀式？」

「聯軍在你出現之後已經整合，蕈菇守護者卻還沒有。每個村子都有自己的長老，各做各的，毫無秩序。之前大家都對這件事避而不談，然而咱們今後需要一個統率軍隊的大長老……」

「是喔，那由誰來當？你嗎？還是加夫內祖奶奶？」

賈維聞言，拿起嘴裡的菸斗往畢斯可頭上敲下去。「好痛！」畢斯可邊喊邊蜷縮起來，賈維在弟子頭頂上方吐了口煙。

「你還沒有自覺嗎？如今老夫或加夫內出面，只會讓其他長老顏面無光。但你不一樣。現在每個蕈菇守護者都認識你，你是食鏽的化身、蕈菇之神，你說的話……」

「誰是蕈菇之神啦！連你也說得這麼誇張！」

「老夫的意思是要讓虔誠的蕈菇守護者團結在一起，最好的方法就是將你奉為神明。你啥都不用做，只要坐在那裡就好，去參加繼承儀式就對了。」

畢斯可比任何蕈菇守護者都崇尚自由，他毫不掩飾地皺眉，但又不想辜負養父懇切的請託，只好不悅地開口說道：

「……知道了啦，只有這一次喔，坐著就好對吧？」

「……這、這個儀式本來需要蒙眼嗎？」

「加夫內硬要咱們用鳥取的方式舉行。來，走這邊。」

畢斯可被蒙住雙眼，拖著覆滿蕈菇的長大衣，被師父牽著走到燭火搖曳的儀式廣場中央。

畢斯可感覺到周圍許多人一同盯著自己，不習慣受人矚目的他屏住呼吸，僵在原地。

「喂、賈維，這和我想得不太一樣，真的是要……」

（噓——話別那麼多，這樣神明很難降駕……嗯？現在你就是神，好像沒什麼關係？算了，安靜就是了。）

一身盛裝讓畢斯可穿得很不習慣，周圍的氣氛讓他更想立刻逃離現場。然而從神明降駕儀式中開溜會遭天譴，甚至株連其他族人。因此，信仰極為虔誠的畢斯可即使流著冷汗，也要逼著自己乖乖坐在廣場中央。

這時祝福的鐘聲「噹——」地響起，畢斯可感覺到入口有兩個人靜靜地走進來。他馬上就認出走在前頭的是他的搭檔美祿，但另一人擦了濃濃的麝香，畢斯可認不出那人是誰，只知道對方可能是女性。

（……嗯嗯……巫女？繼承儀式需要巫女嗎……？）

美祿對麝香女耳語幾句，女子緊緊抱了一下美祿後，便在畢斯可身旁悄然坐下。

「嗯，主角都到齊了，繼承儀式就此開始。」

所有蕈菇守護者刷地跪倒在地，畢斯可也想跟著做。「你不必下跪。」身旁女子低語道。

「這次即位的大長老，赤星畢斯可已經具備神格。他一箭就能使食鏽之塔綻放，這無疑是神力的展現，繼承儀式的第一至三十二道步驟因而省略。各位長老有無異議？」

「無異議。」「沒有異議。」「欸喔咿咿。」

四周一片贊同。裡頭似乎有個想要反對的年輕長老，但賈維一支吹箭就讓他沉沉睡去，彷彿什麼事都沒發生。

「那麼咱們直接進到第三十三道步驟，神前起誓。蕈菇守護戰士們，發誓你們今後奉赤星畢斯可為大長老，成為他的弓，貫穿敵人。」

賈維說完，所有蕈菇守護者便將自己的弓放在地上，跪立起來。畢斯可僵得動也不動，宣誓如怒吼般從四周傳來。

「『我們願意成為赤星畢斯可的弓，貫穿敵人！』」

「發誓你們成為蕈菇，保護他的安全。」

「『我們願意成為蕈菇，作為畢斯可的盾牌！』」

「喲呵呵，很好。」

賈維開心地笑起來，畢斯可卻感到羞赧至極。之前他都和美祿兩人一蟹自在旅行，突然聽見蕈菇守護者們向他宣誓效忠，他一時之間不知如何回答，正想向賈維抗議時——

「那麼第三十四道步驟，赤星畢斯可致詞。可有汝箭射不穿之物？」

「咦、咦？」

（他問，有沒有你的箭射不穿的東西？）

突然被這麼一問，畢斯可當場愣住，麝香的主人嬌聲向他耳語。畢斯可隨即下意識提高音量回答：

「沒有我的箭射不穿的東西！」

「有沒有你的蕈菇侵蝕不了的牆？」

「沒有我的菇毒侵蝕不了的東西……沒有我射出後開不了的蕈菇！」

「喔喔——！」周圍的蕈菇守護者歡呼起來。畢斯可似乎有些脫稿演出，但那年輕自信的模樣反而讓蕈菇守護者們更加熱血沸騰。

「非常好！那麼儀式最後，你是否願意一生帶著弓箭，與蕈菇共生，娶你身旁的女子為妻，作為戰士保護妻小？」

「當然、我發誓！我……咦、你、你說什麼？」

「那麼他的妻子——妳是否願意用純潔的心與力量，守護丈夫赤星畢斯可，以及你們的孩子？」

「我在這裡以性命發誓。」

「好，請交換戒指……」

「等——等一下、等一下，從中間起就怪怪的！」

畢斯可不禁站了起來，這時一雙溫柔的手替他解開緊縛在眼睛上的布條。畢斯可恢復視力後看見熟悉的身影，那又高又白的美麗女子，微微抬起眼眸望著他。

「……啊……！」

帕烏穿著蕈菇守護者的新娘禮服，樸素卻純潔而美麗。但禮服的尺寸是以身材纖細的蕈菇守護者女性為基準，穿在豐滿的帕烏身上反而顯得十分煽情，使她消除鏽蝕後的白皙肌膚更加美豔動人。

柔順的黑髮像要捕捉畢斯可似的貼了過來，帕烏微笑說道：

「我永遠……戀慕著你，老公……」

「嗚哇——！這是怎麼回事——！」

畢斯可環顧四周尋求援助，卻見蕈菇守護者個個拍手叫好，賈維抱著肚子笑倒在地，美祿則眼眶溼潤，遮著嘴唇頻頻點頭。

「喲呵呵哈哈，快、快點交換戒指吧。」

「都、都是你們，策、策劃好的吧——！我、我才……！」

「你不願意……娶個孔武有力的妻子嗎……？」

聽見帕烏輕聲呢喃，畢斯可下意識對上她的視線。

「我是認真的，赤星……」

黑珍珠般的迷人瞳眸微微顫抖，緊緊盯著畢斯可的翡翠色眼睛。

「我不想隱瞞愛意而後死去。即使是暫時的也好，就到這場戰役結束為止……你能和我結為夫妻嗎……」

「啊、呃……太突然了吧！」

「你嫌棄我嗎？」

「我、我……！」

帕烏柔情似水地望著畢斯可，使他額頭汗如雨下。畢斯可顫動的雙眼受到帕烏水汪汪的黑眸吸引，無法移開視線。

「我、沒有……好吧，帕烏……」

「……我好高興！從今天起，我的身心都是你的了，畢斯可……」

帕烏笑逐顏開，隨即將一個物體套在愣住的畢斯可手指上，然後伸手摟住丈夫的脖子。

「婚姻正式生效，神父。」

帕烏拉起畢斯可的左手給觀眾看，現場的掌聲更加熱烈。畢斯可看著手上閃閃發亮的銀色戒指，忽然有種似曾相識的感覺，「呃」地叫了一聲。

「這、這跟美祿那個是同款的吧？」

「是啊，怎麼了？」

「那，裡、裡面也有發訊機嗎？」

「當然啦，妻子有義務守護丈夫的安全。」

「太超過了！」

畢斯可在新娘引領下走出會場，外頭鋪著紅毯，各縣自傲的強大軍隊齊聚在紅毯兩側，一同歡呼。畫著金色神獸花紋的芥川站在他們正前方，身上裝著更為豪華的蟹鞍。

「新郎來這邊！小心腳步。」

「混、混蛋美祿，是你搞的鬼吧！」

「從認識你那天起，我就想這麼做了！」

美祿半開玩笑地回答，看起來卻由衷地開心，眼角還泛著淚水。畢斯可看見搭檔那副表情，頓時什麼話也說不出口。

「大家都在等你們，你看！」

畢斯可讓帕烏在自己身邊坐下後，拉起芥川的韁繩。兩旁群眾紛紛歡呼，拋擲白色的雪仙人掌花。

「恭喜兩位！」「好過分，該坐在那個位子的人是我！」

拉斯肯妮面帶微笑，艾姆莉則坐在她肩膀上。

「赤星大人迎娶后妃了！快把教典上的禁婚條文刪除！」

坎德里面紅耳赤地對下屬吼道。

「兩位──看這邊！」「啊，你白痴啊，別衝到螃蟹面前，小心被輾斃！」

駐守群馬關隘的二人組──太田和豬茂，起鬨般地拿著相機對著他們。

「……」

畢斯可懷著莫名沉穩的心情，邊駕著芥川，邊望向靠在自己肩上的帕烏。帕烏露出滿足卻又有些寂寞……轉瞬即逝的微笑，睫毛隨風顫動。

她輕輕拂去黑髮上的花瓣，用只有畢斯可聽得見的音量小聲說道：

「你別放在心上，這是戰略之一……也是我任性的請求，畢斯可。」

「……」

「我不想沒傳達心意……就這麼死去。雖然辦得過於隆重……但這樣我就沒有遺憾了。」

「帕烏，妳……」

「好，到此為止吧。謝謝你，畢斯可……不，赤星……」

紅毯終點是那茲和普拉姆率領的鬣蜥騎兵，他們中間停著帕烏那台純白的重型機車。

帕烏最後撩起畢斯可的下巴，將臉微微靠近……卻放棄與他接吻，僅和他以額頭相碰。

接著她翩然從芥川身上一躍而下，披上旁人拋來的自衛團大衣跨上愛車，將招牌鐵棍往天空一舉。

「這樣我就了無遺憾了！你們又如何？已經向丈夫、妻子、兒女道別……單身的人，已經放愛犬自由了嗎？」

大軍發出夾雜著笑聲的歡呼。

「接下來我們要深入東京，揪出元凶。他想摧毀我們見過、經歷過的無數美好事物，我們要打垮他，守護自身的未來！」

「「戰神帕烏！」」

「「女修羅帕烏！」」

「走吧，夥伴們！用我們的意志攻破『東京』！」

帕烏帶著那身新娘禮服和妝容，拿起鐵棍化身女戰士，像一道白色閃光般衝出忌濱南門，朝著埼玉鐵沙漠奔馳而去。婚禮會場的軍隊以及留守在沙漠的大軍全都跟在帕烏身後排出陣形，開始大舉向東京進攻。

「我們也走吧，畢斯可！」

「咦咦咦！現在就要進攻東京了嗎？」

「沒錯，這是美祿的點子。出戰東京和你們的終身大事一次完成。」

美祿和霍普接連跳到芥川背上，畢斯可在他們催促下拉起韁繩，揮了一鞭。

「won(唵)／ribi(里毗)／magdo(馬古多)／snew(蘇內巫)（在前方開闢道路）！」

「**發射・道路製造者！**」

美祿和霍普利用咒語，在奔跑的芥川前方變出一條綿延的紅毯，一路通往遠在南方的東京。

「喂，紅毯很難跑吧！怎麼不開闢其他種道路！」

「畢斯可，這是『結婚典禮』，婚禮還沒結束。」

「你在說什麼？」

「不能阻礙通過紅毯的新人。」

霍普大聲說明，同時為咒語注入更多力量，使紅毯繼續延長。

「這是重要的『禮貌』，畢斯可！你也要記得！」

10

「阿波羅！阿波羅——！」

耳邊的通訊機突然傳來喬伊的哀號，阿波羅緩緩起身。他面前有個圓筒狀的透明小隔間，裡頭有個極為巨大的綠色方塊，時而「滋滋滋滋」晃動著變換形狀，並以緩慢的速度不停旋轉。

「……抱歉，多米諾，我馬上回來……」

阿波羅在方塊的綠光照耀下溫和地低語完，隨即轉身搭上通往上層的電梯台。

電梯台很快就抵達上層的圓頂房間，發光的螢幕映照出喬伊慌張的身影。

「怎麼了，喬伊？」

「阿波羅！猴子害我們中了病毒！」喬伊額上冒出斗大的汗珠，敲著浮在手邊的光學鍵盤。

「他們步步逼近東京，但是白卻完全沒有攻擊他們！我看程式也沒有異常……他們到底做了什麼？」

「阿波羅白沒有攻擊？」

看見喬伊的慌亂神情，阿波羅也將視線移向螢幕。

從螢幕上可以看見廣闊的埼玉鐵沙漠出現了一條直直通往東京的紅毯，同盟軍的精兵在紅毯上氣勢萬千地衝來。守護東京的機器人大軍——阿波羅白面對敵軍卻自行中斷攻擊行動，一動也不動。

[插畫] 赤岸K
[世界觀插畫] mocha (@mocha708)

食鏽末世錄
SABIKUI BISCO
The world blows the wind erodes life.
A boy with a bow running
through the world like a wind.
3
都市生命體「東京」
瘤久保慎司
SHINJI COBKUBO PRESENTS

「……這……」

阿波羅眯起眼睛，輕咬下唇。紅毯的前端有個黑髮飄逸，身穿新娘禮服的女人，阿波羅見到她後大致明白了狀況。

「原來如此，難怪白無法出手。」

「阿波羅，你看出什麼了？」

「喬伊，別白費力氣了。白沒有異常。」

「咦咦？可是！」

「白仍正常運轉，它們只是遵守了『禮貌』……『不能阻礙通過紅毯的新人』。」

「咦咦咦，禮、『禮貌』？」

阿波羅一臉嚴肅地說完，喬伊望著他的側臉戰戰兢兢地說：

「敵、敵人都近在眼前了……還談什麼『禮貌』！」

「我說過幾遍了，『禮貌』的順位優於任何事……就算是猴子，結了婚舉辦典禮一樣是『結婚典禮』……必須『祝福』他們才對。」

阿波羅睜大一雙紅眼，朝螢幕唸了些命令語。原本守在空中，眼睜睜看著日軍來襲的白大軍，接連對這突然的命令產生反應，手中開始積蓄藍色粒子。

「……白動了！不愧是阿波羅！」

「發射。」

阿波羅一聲令下，阿波羅白大軍一同釋放粒子……

粒子變成色彩繽紛的花瓣，撒在行進中的帕烏頭上，接著又撒在威武前行的芥川身上，使美祿笑容更顯燦爛，畢斯可則因花瓣掉進衣服裡而扭動身體。

「這樣就行了……接下來還要『拋捧花』。『禮貌』上，接到捧花的女性會成為下次的新娘，但我們大軍中沒有女性，所以不需要參與這個步驟。」

（這是霍普搞的鬼吧……！）

阿波羅面無表情地盯著螢幕，喬伊在他身後咬牙切齒。對這個無比冷酷的理性男子阿波羅而言，「禮貌」是個如同摩西十誡般根深柢固的行動準則，喬伊和雷吉也為此吃盡苦頭。日軍之所以挾著這個「禮貌」的弱點一舉進攻，背後肯定有霍普的協助。而霍普過去就和喬伊他們一樣是阿波羅的分身。

「只好等他們走完紅毯再群起攻擊……不過，他們似乎正用真言什麼的讓紅毯不斷延長？真是場奇特的婚禮……」

（我得說服阿波羅才行。這「禮貌」有沒有什麼漏洞……）

喬伊趁阿波羅不注意，開始搜尋東京的資料。他在電子海中翻找婚禮相關書籍，終於找到一段有用的話，興奮地衝向阿波羅。

「阿波羅！這個、你看這個！」

「夠了喬伊，後面交給你處理，我得去看著伺服器……」

「那不是『婚禮紅毯』！」

阿波羅因喬伊的氣勢而愣在原地，喬伊在他面前拿出一本以純白新娘為封面的雜誌，翻開其中一頁並使重點文字發出紅光。

婚禮紅毯指的是基督教結婚儀式中，從會場入口直到祭台的那條路，以及鋪在上面的地毯。您知道這條紅毯最近越來越多樣了嗎？下一頁起，我們將為您介紹風格獨具的紅毯流行動態！

「？我對婚禮的流行動態沒興趣。」

「不是那段，是這段！『從會場入口直到祭台那條路』才叫婚禮紅毯！他們走的只是普通的紅色地毯！」

喬伊搖著阿波羅的衣領，繼續說道：

「而且他們明明已經離開會場，婚禮卻一直進行，那才叫沒禮貌！我們有正當理由可以攻擊他們！沒有任何『不禮貌』之處！」

「…………」

阿波羅聽完喬伊的話瞠目結舌，思索了一下後點了點頭，在自己面前展開一大串程式碼。

「我在『禮貌』第五條加入了你說的狀況。所有白會緊急重啟，你再吩咐他們共同消滅接近東京的敵人。」

「阿波羅！」

「沒別的事了吧？我會待在伺服器室……三級以下的事就別叫我了。」

「知道了！我一定會打倒他們的！」

喬伊目送阿波羅搭著電梯台向下離去，他回望螢幕，看見那些阿波羅白猛然展開攻擊，同盟軍因而亂了陣腳。

「可惡的霍普……竟敢利用阿波羅的弱點，真是卑鄙！」

喬伊氣得雙唇顫抖，喃喃自語道：

「等著看吧，猴子們。我會將你們的存在完全抹去！」

11

「衝破敵軍了！哈哈，它們還幫我們慶祝呢！」

「沒想到會這麼順利！看來可以直搗東京了！」

埼玉鐵沙漠南方綿延的紅毯上，一行人由身穿新娘服的帕烏帶頭，芥川緊跟在後，再來是少數精兵，沒有一人犧牲，全都沐浴在美麗的花瓣中奔馳。

「喂，這身長老禮服可以脫了吧！重死了！」

「不行啦，帕烏還穿著新娘服……不過，蕈菇守護者的新娘服好暴露喔，每個女生結婚都穿那樣嗎？」

「女蕈菇守護者大多身材嬌小，穿起來不會像那樣啦。因為帕烏她……」

「很大？哪裡很大？」

「個子！」

「畢斯可～別再磨磨蹭蹭，」賈維駕著善戰的大螃蟹鷗外，從後方叫道：「機器人突然動了，後方軍隊正在應戰，這樣下去咱們很可能會被輾過。」

「白動了？可惡，一定是喬伊改了『禮貌』的規定！」

霍普皺起眉頭，瞪著後方一個個炸開的藍色都市彈。

「糟了，離東京還有一段距離，他們很可能會追上來……」

「祖師爺。」

毛茸茸的大茶釜大僧正從兩頭河馬牽引的河馬車上蹦跳而來，矯健地躍至芥川的蟹鞍前方，在霍普面前跪下。

「這裡就交給窩一人吧。窩是萬靈寺大僧正，這百年來一秒都不曾停止修行。」

「大茶釜，別說傻話！這和赴死沒有兩樣！」

「窩正是要赴死。」

蓬鬆的棉毛下，有兩顆圓圓的眼睛在發光。

「窩本想用殘餘的性命來打倒克爾辛哈，但他卻被赤星所殺，窩的老命也無用武之地。這次請您讓窩殿後吧。」

「……你想為全人類犧牲性命嗎？大茶釜，我明白你的決心……」

霍普睜大紅眼，對大僧正的決心懷著敬意回答……然而話說到一半，他的雙眼卻開始落下斗大的淚珠。

「祖師爺？」

「我、不要……不要……爺爺，不要走！」

「「滋露！」」

聽見霍普口中冒出的話語，少年們和大僧正同時驚呼。霍普那雙淚眼婆娑的紅眸漸漸變了顏色，變回滋露的金眸。

「爺爺你死了，我……就真的變成孤零零一個人了……拜託你別走……我會回去寺院，我會乖乖的……」

滋露可能因為意識混亂，心智有些退化。她一把抱住面前的大僧正，險些從芥川身上滑落，看得少年們膽顫心驚。

毛茸茸僧正則以超強平衡感，不動如山地接住抽泣的曾曾孫女，輕輕撫摸她的頭。他閉上眨動的雙眼，滋露的體溫令他逐漸想起過去的事，徜徉在回憶之海。

「真是的，滋露。跑出來很危險，乖乖待在祖師爺的意識裡。」

「我不要！因為爺爺……！」

「窩整天嚷著要死要死，哪次真的死了？尼要相信窩的靈力……來，滋露，看看窩。」

滋露眼眶中滿是淚水，大僧正捧起她的臉微微一笑。

「……不錯，心上的刺都沒了。交到朋友了吧，滋露？」

「……嗯。」

「尼要跟他們永──遠當好朋友。尼在戰鬥中受了傷，就回到他們身邊。朋友在戰鬥中受了傷……就讓他們休息在尼的懷抱裡。」

「……嗯……！」

「真乖。好，去休息吧。尼是個善良，又令窩驕傲的孩子，滋露……」

「……爺……爺……」

奔馳的芥川身上，大茶釜大僧正輕輕拍著滋露的背，一會兒見滋露睡去後便跳了起來，向兩名少年點頭說道：

「赤星、熊貓，尼們要好好珍惜滋露。」

「好……嗯？一般會說『滋露就拜託你們了』吧？」

「那窩走了，萬事拜託～」

毛茸茸僧正憑著輕盈身手跳回河馬車，獨自脫離隊伍，奔向襲來的機器人大軍。

「畢斯可，不攔他嗎？大僧正這樣……」

「……」

畢斯可輕咬下唇，轉頭望向身後。少女白皙的手抓起他的衣領，要他將頭轉回前方。

「滋露，妳！」

「走吧。」

滋露那雙金眸已然恢復成紅色，顯示現在主導身體的人是霍普。他擦了擦眼裡持續湧出的淚水，堅強地抿起嘴唇，炯炯有神地望著東京的方向。

「滋露也叫我們快走。她說如果讓她爺爺白白死去，她不會饒了我們……我們沒時間繞路了，一定要盡快攻進東京，打倒阿波羅！」

「……好，我知道了！」

畢斯可聽完霍普的話，翡翠色雙眼頓時亮起，要芥川加速。現代日本引以為傲的「最終武器」們跟隨著帕烏的純白重型機車，一路趕往東京。

「唔喔——！數量真多——！」

大茶釜僧正轉了轉雙臂，等待機器人大軍從空中飛來。面對即將展開的久違激戰使他熱血沸騰，在兩頭河馬上蹦蹦跳跳。

「幾十年沒打了？算了，上吧～！」

「大茶釜大人——！」

「唔喔？」

毛茸茸僧正聽見吶喊轉過頭去，只見身後一架法國蝸牛運輸機折返回來，菌神宗的僧兵接連從飛機上跳下，聚集起來保護他的河馬車。義眼女僧正踩著僧侶們的肩膀跳過來，翩然落在毛茸茸僧正身邊。

「竟然獨自接下任務，您太魯莽了！讓菌神宗來幫您！」

「不魯莽，尼們才該去保護祖師爺。」

「這也是霍普大人的命令，他說削弱敵軍的力量，就會占掉阿波羅的……記憶體什麼的，總之他的靈力就會衰退。」

「咦，祖師爺這麼說嗎？」

「大茶釜僧正——」

僧正坎德里率領一群上身赤裸、大汗淋漓的壯碩僧侶從菌神宗的反方向跑來，他們是與菌神宗結盟的明智宗。

「我們接到菌神赤星大人的命令，前來相助！兄弟們，保護好大茶釜僧正！」

明智宗僧侶精神抖擻地回了聲「是！」，便包圍在菌神宗四周，三大教派排好陣形迎擊東京大軍。

「大茶釜大人，一旦赤星打倒阿波羅，那些機器人亦會消失。我們就撐到那時候吧！」

（其實窩想試試自己的實力。）

拉斯肯妮說完，那張表情不外露的毛臉唯有眼睛眨了幾下後，態度一轉，從懷裡掏出一根拐杖舉至頭頂。

「那就來試試吧，尼們會用防護牆之術嗎？」

「萬靈寺會的法術我們大致上都會喔。」

「真敢說！那就配合窩吧。」

「各位！用防護牆的真言配合僧正！」

僧侶們回了聲「是！」，開始在埼玉鐵沙漠打坐，一同集中精神。浮在空中的機器人瞄準他們，接連煉造出藍色粒子。

（父親雖然……是個邪惡的人，但他為今日一戰解開了真言的祕密。）

艾姆莉也提氣準備施展真言，她的紫眸閃閃發光。

（父親大人，借我力量！）

「它們來了──別搞砸嘍！」

所有機器人一起放出藍色方形光彈，與此同時──

「唵．香達里巴．謝得．蘇那巫！」

「**發射．防護牆**──！」

兩個不同教派的咒語，形成紫色與粉紅色兩層半球形的巨大防護罩籠罩四周。防護罩將光彈反彈回機器人身上，使它們墜毀在防護罩上。

機器人見防護罩出現後加強攻勢，以隕石般的藍色方塊暴雨似的敲擊防護罩。每當防護罩承受衝擊時，僧侶們的眼鼻便噴出血來，一個又一個耗盡力氣倒下。

「接下來只要跟它們比耐力就行啦！」

「小事一樁……！我們一定能撐到最後！」

這場防衛戰極其壯烈，艾姆莉義眼的眼角流下鮮血，仍繼續加強真言。

「不會讓你們妨礙畢斯可哥哥……！要我犧牲性命也在所不惜！我的魂魄會形成一堵牆，你們！一個也別想過去！」

「看到東京了！」

黑髮飄逸的帕烏在重機上喊道。通過埼玉鐵沙漠後，本來會看見「東京」凹陷的大洞，如今該處卻聳立著一座井然有序的大都市。

為了阻擋後方襲來的機器人部隊，精兵接連脫隊，抵達東京時除了關鍵的畢斯可、美祿和霍普外，就只剩下帕烏和賈維二人。

「終於到了！只要進去裡面，把阿波羅痛打一頓就好了吧？」

「沒錯……不，等等！」

霍普看著東京外圍不自然反射的陽光，表情緊繃起來。

「……糟了，全東京都被防護牆包圍了！」

「什麼防護牆？」

「原理和你用真言變出的防護罩一樣，美祿。但阿波羅的防護牆強得不像話……我得想辦法駭進那堵牆內找到解除碼。」

「我們哪有閒工夫搞這些！」

畢斯可打斷霍普的話，對芥川揮了一鞭。芥川似乎明白了畢斯可的用意，猛然加快速度，衝向那座大都市。

「帕烏、賈維！上來，我讓芥川衝破那面牆！」

「好！」

「鷗外，辛苦了！回去康介那裡！」

兩人各自跳離重機和大螃蟹，躍至芥川身上。霍普轉頭望向他們喊道：

「讓、讓芥川撞破防護牆？畢斯可，這樣未免太亂來了！」

「亂來對我們而言是家常便飯。」

「阿波羅創造的防護牆比鑽石還硬！生物不可能撞得破！」

「反了，霍普。人類創造的東西，不可能擋得住芥川！」

「畢斯可……！」

畢斯可語氣中毫無輕率或魯莽，只有純然的信心。那份純粹打動了霍普，使他目瞪口呆。美祿、賈維、帕烏全都對畢斯可的話深信不疑，以堅定的表情看著正前方。

「畢斯可！咱們好久沒用那一招啦！」

「『大破羅生門』嗎？要用可以，別掉下去了，老頭！」

「喲呵呵！你別小看老夫。小子，咱們上！」

「是！」

賈維和美祿同時拉弓，將杏鮑菇箭「砰」地射進芥川面前的沙地。芥川在畢斯可的轡繩指示下縱身一躍，將那龐大身軀踩在杏鮑菇箭上。

啵、咕！

巨型杏鮑菇以驚人之勢綻放，衝擊大到颳起沙漠中的沙石，亦將芥川高高彈至空中。

「芥川，來嘍！won（唵）／shad（釋得）／viviki（維毗其）／snew（蘇內巫）（給予對方想要的武器）！」

芥川高舉大螯，美祿的真言為其裹上一層巨大的祖母綠外殼。巨型都市東京的中央正上方，可以見到橘色和淺綠色的對比在陽光下閃耀。

「這……好厲害，是真言大螯！」

「抓好了，帕烏！」

芥川之前用過的「龍捲風投法」是牠必殺技的一種應用型態，牠會將自己的身體大幅旋轉，藉著強大的離心力將蕈菇守護者甩至遠方。而必殺技原本的型態「大破羅生門」，則是將迴轉力注入大螯，向下一搥，連騎乘的人都可能有生命危險，可謂孤注一擲的絕技。

「「「上吧，芥川──────！」」」

芥川在三名蕈菇守護者的命令下拚命旋轉，力道大到蟹鞍上一行人都快被吹飛，接著牠便順勢將祖母綠大螯砸向東京的防護牆。

砰、咚轟！

衝擊之強，眾人咬緊的牙齒幾乎要斷裂。芥川全力揮下大螯，使透明牆壁「啪！」地大面積龜裂，可惜龜裂並未延伸至牆壁內側。

啪啦、啪啦。

芥川螯上的祖母綠戰斧不敵堅硬的牆壁，裂開後逐漸破碎，化作鏽蝕粉末消散在空氣之中。

「啊啊……！只差一點點！」

「笨蛋，你仔細看。」

「……咦？」

芥川一頓，驕傲地在陽光下舉起大螯。接著一陣地震般「轟轟轟轟」的聲音響起，看似無敵的透明防護牆「嘰！嘰！」出現好幾道巨大裂痕。透明防護牆像亮晶晶的冰雹般崩落，而後雪崩似的塌向畢斯可一行人。

「看到了嗎？這就是『大破羅生門』。我們把東京的皮扒光啦！」

「現在是自豪的時候嗎？要掉下去了，赤星！」

「這不是正好嗎？我們就直搗那些傢伙的大本營吧！」

巨型都市「東京」聳立著一座座高樓，五人一蟹抱著必死的決心，跳入那未知的都市中心。

12

「唔……唔——嗯……」

霍普意識模糊地眨了幾次眼，視野逐漸恢復清晰。他和憂心忡忡俯視他的美祿對上眼後，頓時清醒過來。

「霍普！太好了，你醒了！」

「美、美祿，抱歉，芥川的旋轉讓我的三半規管無法負荷……」

霍普仍舊有些想吐，他甩了甩頭後連忙起身。

「大家都沒事嗎？有沒有人被防護牆彈飛……」

「別擔心！大家都沒事。我留下來照料你，他們說要四處看看。」

「四處看看？太危險了……」

霍普說著並仔細看了看四周景象，表情轉為嚴肅。

芥川擊破防護牆如隕石般落下時，似乎貫穿了紅磚建成的東京車站屋頂，直接落進車站內。挑高的天花板開了個洞，夕陽餘暉照射進來，附近有著散落一地的建築殘骸。

（我們……回到2028年了嗎……）

霍普環顧車站內部，無論服飾店或餐飲店都還維持著文明崩壞前的整潔樣貌，激起他心中某種鄉愁。

這時——

輪胎摩擦的嘎嘎聲響起，一台黑色重機駛來停在霍普面前，強風將他的辮子吹起。帕烏在美祿和霍普面前下了機車。

「霍普！你醒了呀？」

「帕烏！那……那是哪來的？」

「附近剛好有機車專賣店，沒人收錢，我就跟他們借一下。」

帕烏摸著發亮的黑色坐墊，露出滿意的笑容。她已換下方才的新娘禮服，穿著同樣是偷來的高級緊身騎士服，還綁著招牌的護額。

「觸感完全不同，不愧是古代日本的產物。」

「這不叫觸感吧？本來應該不會接觸到皮膚的。」

「帕烏，芥川和其他兩位呢？動作……咳、咳，動作要快。阿波羅應該已經發現我們潛入東京了。」

霍普邊說邊咳，帕烏拍了拍他的背，用鐵棍猛敲附近的自動販賣機，將滾出來的罐裝飲料遞給霍普。

「喝這個放鬆一下，霍普。我們都知道自己身處險境。」

「謝、謝謝妳！……好燙！是、是紅豆湯耶！」

「不過他們真的有點慢。蕈菇守護者一看到顯眼的東西什麼都要翻一下。還是我們去找他們……」

帕烏摸著下巴思考時，美祿忽然注意到她腳邊傳來喀答喀答的怪聲。

怪聲通過霍普和美祿中間，往他們身後而去，接著一條連綿的鋼鐵製格狀物體隨之成形。

「……呃，霍普，這是……」

「……好像是鐵軌？」

「……唔！小心，美祿！有東西過來了！」

「嗡——」響遍車站的聲音傳來，他們感覺到一個巨大的物體逐漸靠近。帕烏連忙抱起兩人跨上機車，一口氣加速。

「轟鏘！」眼前出現一個大長方體衝破服飾店直線襲來。帕烏等人勉強閃過後，又見長方體排成一列，撞進對面的咖啡店疾駛而過。

「那是什麼？它在攻擊我們嗎？」

「是山手線。」霍普在帕烏懷中喊道：「它朝著我們形成鐵軌！想一口氣把我們壓扁！」

「你們兩個別掉下去了！」

剛才的一擊似乎只是在試水溫，軌道的形成速度突然變快，追過帕烏的機車，隨後出現一輛輛山手線，車輪冒著火花朝三人駛來。帕烏不斷以卓越的車技閃避，山手線「砰咚、鏗啷！」橫衝直撞，撞壞的建築碎片和鋼骨接連飛到他們身上，造成一股強大的壓迫感。

「帕烏！這車一直亂撞！狹窄的地方對我們不利！」

「我知道！」

帕烏沿著山手線撞破的牆壁，從站內衝向黃昏的東京街頭。但鐵軌仍繼續形成，緊追在重型機車後頭。這也讓他們得以預測山手線的路線，迴避攻擊，但心理壓力卻非比尋常。就連鐵血女子帕烏，額頭上也漸漸冒出汗水。

「可惡，好難纏……！這樣下去沒完沒了！」

「變出山手線的傢伙應該就在附近，必須打倒他……」

「帕烏，前面！」

帕烏聽見弟弟的聲音緊急煞車，列車「轟」地自她眼前通過。看著那條鐵蛇呈弧形轉彎，她正想變換行進方向，一回頭卻錯愕不已。

「……糟糕，中計了！」

鐵軌已不只在眼前，更在四周形成一個圓圈包圍著他們，那些山手線列車毫無間隔地在軌道上高速行駛。軌道形成的圓圈逐漸縮小，看來敵人是想用列車將他們夾碎。

「美祿！我用鐵棍把你們甩出去，你帶著霍普快逃！」

「別說傻話！我怎麼能拋下妳，自己……」

帕烏護額下的雙眼盯著黃昏的天空，美祿順著她的視線望去……

一個帶著橘光的龐然大物，高舉大螯跳了下來。

「那是！」

「喲、呵呵！揍它，芥川！」

鏗啷！

在賈維的指示下，芥川將大螯用力砸向行駛中的山手線車頂，使那長長的車身變形碎裂。

「賈維！」

「抱歉，畢斯可發現了一間書店，賴在裡面不肯出來。」

「你自己還不是在看《人小鬼大》，老頭！」（註：日本的長壽漫畫，原名《コボちゃん》）

芥川扔開火花四射的山手線，畢斯可朝它射了一箭，四節車廂的山手線便在黃昏天空中爆炸，開出閃亮的食鏞。芥川以護住重機的姿勢轟然落地，驕傲舉起耀眼的大螯。

「畢斯可、賈維，謝謝！沒時間了，得趕緊去阿波羅那裡……」

「等等，霍普，有客人。」

畢斯可已經脫下厚重的儀式服，換上平常穿的蕈菇守護者服裝，他從芥川身上躍下，盯著空中某一點。

有名紅髮飄逸的男子飄浮在遭山手線蹂躪得千瘡百孔的車站上。他懷著深深的殺意，以低沉的聲音向畢斯可等人說：

「用螃蟹砸爛電車？跟三流電影一樣……有夠蠢！」

「雷吉！」

一行人聽見霍普的呼喊轉過頭去。名叫雷吉的紅髮男子，有一雙和霍普相同的紅眸在黃昏中亮起，他回應霍普道：

「下指導棋的果然是你啊，霍普。你為了幫他們不惜進到猴子體內？你就那麼恨阿波羅嗎？」

「我一點也不恨阿波羅！但他想要消滅現在的人類，使我們的時代復原，我認為這樣的想法扭曲又自私。原本的阿波羅根本不會這麼做！」

「我們沒有要消滅人類，只是消滅猴子罷了。」

「雷吉！你！」

「發射・都市製造者——！」

他們沒講幾句話，雷吉就舉起雙手，鐵軌再度出現在一行人腳邊，山手線發出轟響衝了過來。

「上，芥川！」

芥川在賈維的命令下，正面抵擋襲來的沉重鐵蛇，牠往後滑行幾公尺，最後順利扛起鐵蛇遠遠拋向後方。

「這個紅髮就由老夫和芥川來對付。你們先走吧，霍普。」

「賈維！抱歉，麻煩你了！」

「老頭，你在說什麼！只要我們六個一起對付他……」

「你還是這麼不懂事。阿波羅本人沒來，就代表這傢伙只是來拖時間的。要是被他絆住，就稱了對方的意……姑娘，拜託嘍。」

帕烏聽見賈維的話點了點頭，不顧畢斯可還在抗議就抓起他的後頸，將他塞進霍普用咒語變出的粉紅色邊車中。

「老頭！你是認真的嗎！」

「畢斯可，你忘了老夫是誰嗎？」

「……唔！」

「喲呵，記得就好，走吧。」

「出發嘍，美祿、霍普！……芥川、賈維老爺，願你們平安！」

帕烏察覺到畢斯可的表情仍將機車油門催到底，奔向霍普所指的方向。

「給你，賈維！」

臨走時畢斯可拋給賈維一把短刀。短刀發出太陽色光芒在夜空中劃出一道軌跡，賈維用揹在背後的手穩穩接住。

「要贏喔，臭老頭！」

「會贏的。」

「……一群白痴，我怎麼可能放過你們。」

雷吉變出一條軌道，直線奔向遠去的重型機車，山手線再度發出轟響衝過去。賈維朝軌道射出一箭，白色的氣球菇「啵嗡、啵嗡！」綻放，那股力道使列車「鏗啷！」翻倒。

「……死老猴，別妨礙我！」

聽見雷吉不甘的吼叫，老爺爺「喲呵呵」滿意地笑了。

「芥川！終於輪到咱倆大顯身手啦。加把勁吧！」

芥川揮舞大螯回應賈維，大螯在黃昏中閃閃發亮。蕈菇守護者英雄賈維久違地冒死奮戰，用力拉開短弓。

13

「**發射・都市製造者——！**」

在雷吉的命令下，山手線一輛輛朝芥川襲來。芥川的力量與賈維的蕈菇術合作無間，將列車一一解決。

「……混帳，明明只是隻螃蟹，動作怎麼那麼靈活？」

大螃蟹與老爺爺以極為細緻的合作方式，不斷擺平山手線。雷吉咬著指甲在一旁觀看，最後氣到面部扭曲，身上浮現一層藍色粒子。

「……這樣看來，只要把騎士和馬匹分開就好了吧？」

雷吉喃喃自語完，「咻！」地在空中縱身一躍，急速接近在軌道上跳來跳去的芥川，對鞍上的賈維使出劃破空氣的迴旋踢。

「！嗚呃！」

賈維連忙以弓抵擋，但那陣鋼槌般的衝擊仍使他從芥川身上噴飛，摔落在行進中的山手線車頂上。

雷吉咚地落在賈維面前，朝他露出勝利的微笑。

「這樣一來，就算我不做什麼，螃蟹也會自己被輾斃。以防萬一，我還是做了點手腳……接下來只要殺了你就行了，老東西。」

「喲呵呵呵……你太小看老夫了。」踢擊使賈維受內傷而吐了點血，但仍自信一笑。「你最好開始想想，輸給一個老頭後，你要用什麼藉口開脫。」

「胡說八道！」

雷吉怒吼完便將手臂插進車頂再順勢拔起，變出一把酷似山手線車廂的巨大戰槌。

賈維立刻往後一跳，並用短弓射了好幾箭。那些箭全部刺進雷吉的身體，然而賈維自豪的氣球菇卻連發芽都沒有。

「沒用、沒用！一個老頭的孢子侵蝕不了阿波羅的蕈菇抗體程式！」

雷吉邊吼邊以驚人速度追上賈維，將車廂型戰槌用力揮向他的頭頂。

砰、轟！戰槌從賈維正上方擊中他，使他撞破行進中的山手線車頂，掉入車廂之中。重摔在地的賈維骨頭碎裂，咳了一聲，口中冒出鮮血。

「哦哦～哦？挺強的嘛，老東西。痛成這樣還沒死啊？」

雷吉從車頂的洞探頭說完，賈維滿臉鮮血回以微笑。

「才不痛呢，喲喔喔……這樣一撞，反而治好了老夫的腰痛。」

「……少嘴硬了，那這次我就把你折成兩半！」

（蕈菇箭沒用？好～吧，這下該怎麼辦？）

賈維在搖搖晃晃的列車上打開感官，活用那顆歷經百戰的腦袋，試圖在黑暗中捕捉一絲希望之光。

轟、轟、轟！

芥川失去騎士賈維後，仍憑慣性動作繼續奮戰，揮舞大螯解決一輛又一輛逼近的山手線。周圍盡是牠翻倒或扯斷的車廂，它們冒出了火花和黑煙。

軌道形成的速度也開始趨緩，芥川在搏鬥中抓到空檔，打算衝向那輛載著賈維的列車。

這時，一個巨大的拳頭「砰！」地砸了下來，擋住牠的去路。

一副比鐵梭子蟹更龐大的身軀，緩緩站起……

那是由芥川毀壞的山手線強行聚合後所形成的巨型機器人。其餘壞掉的車廂繼續被它吸收，化作武器變成它的一部分，使機器人看起來越發威武。

『**發射．阿波羅列車　準備殲滅對象。**』

冷冰冰的機械嗓音響起，巨型電車機器人身上浮現藍色的都市粒子。

電車兵器「阿波羅列車」用它粗大的手臂，「砰！」地重擊芥川的甲殼。芥川連忙用大螯抵擋，卻被它另一隻手的鉤爪打中側腹，因而翻滾出去。

芥川感覺到自豪的甲殼「啪！」地龜裂。

鏘、鏘、鏘！

阿波羅列車毫不留情地揮了好幾拳與芥川的大螯交手，每次都輕易地讓芥川彈起撞在都市大樓上。芥川從崩塌的大樓中起身後，它又殘忍地用大腳一踢，讓大螃蟹彈至空中，緊接著一拳將牠搥向地面。

受到都市製造者的藍色粒子加持，機器人的力量和剛才山手線的個別攻擊根本不能相提並論。最強鐵梭子蟹芥川的無敵甲殼上，出現了無數觸目驚心的裂痕，裂痕中還生出許多中型的都市大樓和電線桿。都市在衝擊下碎裂，復又重生，持續侵蝕著芥川的身體。

然而即使陷入絕境，芥川鋼鐵般的意志與大螯的威力仍未受損。牠再三於危急之際閃過阿波羅列車襲來的巨大拳頭，抓到一瞬間的空檔繞到巨型兵器身後，使出流星般的飛撲，將它一隻大腳的膝蓋後側硬生生截斷。

轟隆——！阿波羅列車向前傾倒，芥川隨即瞄準它的頭部，準備揮下大螯，就在這時——

大手「啪！」地一把抓住芥川，以大到嚇人的力氣將牠握緊。甲殼發出「啪嘰啪嘰！」的碎裂聲，芥川痛得抽搐起來。阿波羅列車跪起上半身，將芥川舉到自己眼前，像要觀察牠那痛苦模樣似的繼續加壓。

芥川用盡全力從機器人手中往外爬了幾步，將重獲自由的大螯奮力一揮，搥向它由車廂組成的手腕連接處。

芥川的大螯「鏗啷！」地應聲斷裂，噴飛至空中。同時阿波羅列車的手腕也斷成兩截，和芥川一起摔落在地。

芥川勉強從它手中爬出，卻已失去用以行走的八隻腳，連身體都撐不起來。牠喪失無敵的大螯，八隻腳也被折斷，全身受到都市侵蝕，光是能活下來就是一場奇蹟。然而芥川仍一點、一點拖著身體迎向阿波羅列車。

阿波羅列車發現眼前這個小東西蘊含驚人力量，因而改用遠距離攻擊。它維持膝蓋跪地的姿勢，使胸前的裝甲變成一座圓形的波動砲，裡頭的藍色粒子開始如漩渦般積蓄。

『發射．都市衝擊波．填充兩成。』

機械嗓音響起的同時，它胸前的大砲內部開始高速旋轉，瞄準芥川。

用來跳躍的八隻腳被折斷以後，芥川已無力閃躲。但牠仍憑著堅定的意志，一點、一點持續前進。

『填充六成。』

藍色粒子的漩渦變得更亮，照著芥川。

『**填充完成。都市衝擊波．發射。**』

就在阿波羅列車準備發射胸前大砲之際——

滿身是傷的芥川將全力注入彎折的八隻腳中，以火箭般的衝勁跳起來。牠彷彿一把鑽子呈螺旋形轉動，由於大螯已斷便舉起另一側的小螯，刺進阿波羅列車胸口未受裝甲保護，散發著藍光的大砲之中，並從它的背後穿出來。

芥川飛躍夜空，小螯裡夾著巨型兵器的核心：一顆紅色方塊。

牠使出渾身力氣夾碎方塊，所有山手線立刻冒出火花，機器人的巨大身軀隨之顫抖。

『**都　市　・　衝　擊波　・　發　射失　敗。**』

砰、砰！阿波羅列車身體各處冒著黑煙接連爆炸，最後一次尤為劇烈的爆炸使它四分五裂。

另一方面……

芥川在空中失去動靜，隨著爆炸風左搖右晃，緩緩落入火焰之中。

鏘、鏘、鏘、鏘！

電車的集電弓化作尖銳的長槍，再三穿透車頂刺進車內，賈維翻滾逃竄，四散的火花使他的大衣燒焦了。

鏘！

「！嗚呃！」

「哦？刺中了嘛。哈哈哈！都市會從你的傷口持續擴散喔。」

賈維的鎖骨附近深深中了一槍，他奮力撐起流血的身體，憑著敏捷的雙腿勉強躲過追擊，不停衝向第一節車廂。

「逃吧、逃吧，老東西！哈哈哈，無路可逃了吧！」

（那個王八蛋，一臉得意……唔，沒路了。）

賈維來到車廂盡頭，錯愕地睜大眼睛，還踩到自己的血滑倒。瘦弱的身體噴飛出去，撞上駕駛座的牆壁。

「你完了，老頭！」

「嘶！」

集電弓長槍刺了過來，但賈維的弓速度更快。蕈菇守護者英雄所射的氣球菇箭擊碎長槍尖端，白色蕈菇「啵、啵！」穿破集電弓綻放。

「哼，怎麼啦，小伙子！再來啊！」

賈維朝著車頂的洞拉滿了弓，對方卻沒有回應。

（……嗯？他跑哪去了……唔喔！）

車內地板「啪嘰啪嘰！」浮現一條軌道。就在軌道通過賈維的腳邊時，遠處傳來雷吉猖狂的笑聲。

「哈——哈、哈，你不過是個跑得快的蠢猴！我從一開始就打算把你逼到那個角落。鬼抓人結束了！」

（啥？不會吧！）

雷吉將雙腿變成小型的山手線，沿著軌道「鏗啷！鏗啷！」衝破車廂的連接處，風馳電掣地駛來。

那雙紅眼看見靠在牆上的賈維後，眼中充滿殺戮的喜悅。

「受死吧，老東西——！」

「你說你從一開始就想這麼做……」

化身為暴衝特急列車的雷吉將手變成車廂型戰槌，維持原速衝來，眼看就要將賈維砸成肉醬。

在那之前——

「你以為老夫沒看穿這點嗎？」

「……什、麼？」

雷吉見到賈維眼中的犀利光芒，不禁背脊發涼，連忙想煞車，然而加速到這般程度已經不可能說停就停。

「這、這是……電線！」

雷吉從殺戮的快感中清醒後，終於發現第一節車廂內，各處拉環和扶手都纏著銀色絲線，形成一面閃亮的網子。鋼蜘蛛網的後面有位善戰的老爺爺露齒而笑。

「明明只要小心點就能發現的，誰教你看到老頭就掉以輕心。」

「死、死老頭……混帳——！」

「真不懂得反省。」

賈維話一說完便跳起來，將纏繞在手指上的線頭「嘰」地拉緊。一個勁衝來的雷吉用盡全力，拚命擺脫鋼蜘蛛絲，最後仍被那一束束強韌的纖維綁住身體，垂吊在車內天花板上。

「唔、唔喔喔——！王八、蛋——」

「喲呵呵，這是蜘蛛絲綁縛法。」

雷吉一臉憤怒地扭動身體，一隻手勉強掙脫，變出藍色方塊對著賈維。

「你以為你贏了嗎，蠢貨！我是阿波羅粒子的聚合體，就算被五馬分屍也能一再復活。你根本……沒辦法打倒我！」

「真的嗎？」

雷吉「咚！」地發射都市彈，賈維跳起來閃過子彈，拔出短刀，深深刺穿被絲線綁住的雷吉胸膛。

然而雷吉同時也以手臂勒住賈維的脖子。那隻手臂宛如鉗子般用力收緊，藍色粒子大量湧出，使都市製造者之力流向手臂。

「……哈哈！居然主動接近動彈不得的敵人。你雖然有點腦袋，但猴子終究是猴子。在此化為都市的渣滓吧！」

雷吉看著都市撐破賈維的皮膚長出，再度換上愉悅表情，這時……

啵咕！背上傳來的衝擊，使他詫異地瞪大眼睛。

「嘎？這、是……什麼……？」

啵咕！啵咕！

雷吉的肩膀、側腹……全身上下接連破皮，開出太陽色的蕈菇，他完全不明白發生了什麼事。賈維拔出那把連刀柄都貫穿的短刀，亮出閃耀著太陽色的刀身。

「這是獨一無二的食鏽短刀，用畢斯可的血做的。」

即使脖子被勒住，賈維仍無畏地笑了。

「看來你的蕈菇抗體，也敵不過神的蕈菇呢。」

「不、不可能……阿波羅的抗體程式是完美的！怎、怎麼可能會這樣！」

「去死吧。」

賈維的短刀在空中劃出一道殘影，斬斷了雷吉勒住自己的手腕，接著又用超人般的速度使出多次太陽斬擊。雷吉因衝擊而後仰時，賈維在他胸口至腹部畫下泛著橙光的梵冥天圖樣。

「這是冥界招待券，你的努力值得嘉獎。」

「……我……不要……阿波羅、阿波羅——！」

啵、咕！

隨著賈維的連擊，菌絲瞬間撐破雷吉的身體，以迅雷不及掩耳之勢發芽並粉碎山手線，在夜晚的東京開出一朵大得嚇人的食鏽。

賈維已經沒有體力避開發芽的衝擊，只能任由那陣衝擊將他彈往遠方。

窸窸、窣窣。

賈維感覺到滿身是血的自己正被什麼拖行，因而醒了過來。

（怎麼，原來老夫還活著啊。）

賈維任由對方拖著，打了個哈欠，從懷裡掏出心愛的菸斗，卻見菸斗已經被壓得面目全非，不堪使用。賈維「嘻嘻嘻」笑了幾聲，只好將它收回懷裡。

背上傳來熟悉的觸感，賈維伸了個大懶腰後，轉向後方。

「你來啦，芥川。這次咱倆又贏了。」

聽完賈維的話，芥川原本想驕傲地舉起大螯……但牠已經沒有大螯，只能用嘴「啵」地吐個泡泡。

芥川拖著龐大身軀來接賈維，牠被爆炸的火焰燒傷，全身冒著白煙，身上滿是乾涸大地般的裂痕，除了大螯外還斷了好幾隻腳，裂縫中長出的大樓和電線桿侵蝕著牠，使牠的生命逐漸走向盡頭。

「開得真茂盛。你年輕力壯，所以身上的大樓也長得很好。看看老夫，這什麼鬼樣。」

賈維將長滿都市且已然麻痺的手臂展示給芥川看，「喲呵」笑了一聲。他身上的都市確實都很迷你，而且可能因為上了年紀，覆蓋他半身的街道看起來都有些老舊。

「……老夫真不小心，竟然把菸斗給砸了……這下就不能在死前來口菸了。」

賈維說話的同時，感覺到背上傳來的芥川心跳越來越微弱，他也決定不再抵抗死亡的誘惑。

「……」

「……」

「喲呵，芥川你看……好大的紅色星星……」

賈維抬頭望向夜空，閃著紅光的天蠍座心宿二映入他眼中。

「……老夫……」

「一生窮極無聊，只會射箭跟打架。」

「某天，突然有顆紅色星星掉了下來，照耀著老夫。」

「他從小就愛亂來，害老夫操心……」

「但也……」

「把老夫從地獄中救了出來……」

「芥川。」

「謝謝你陪著畢斯可。」

「咱們來祈禱吧。」

「希望他再也不寂寞。」

「永遠，不寂寞……」

芥川用小螯溫柔地抱住老爺爺。他們靠著對方的身體，感受自己漸弱的心跳，用盡最後一絲力氣為畢斯可祈禱。

14

「看到了！就是那個！」

霍普抓著駕駛重型機車的帕烏背部，從她飄逸的黑髮之間喊道。霍普指的方向有個球狀物宛如俯瞰都市叢林般地逐漸升往微暗的天空。

「那是什麼？」

「他把皇居做成了球形。」霍普反射性地回答坐在邊車的畢斯可，繼續說道：「既然浮了起來，就代表阿波羅的『復原』可能已經進入最後階段。我們得趕緊讓伺服器停下來！」

「總之去那裡就對了吧？」

帕烏加快重機速度，通過都市街道衝向球狀的皇居。

「帕烏、霍普！等等，街道好像……」

「美祿，待會兒再說。我們沒時間磨蹭了！」

「快看前面！街道好像『往我們這邊折過來了』！」

帕烏和霍普將視線從後座的美祿身上移回正前方，當場愣住，帕烏下意識地轉了個大彎緊急煞車。

正如美祿所言，他們前方的都市街道有如折紙一般，在他們眼前折成一道牆壁似的直角。

「帕烏，小心！」

畢斯可反應很快，話一說完就從機車上方抱住帕烏，射了一朵杏鮑菇至眼前，和搭檔一起踩著蕈菇往後跳。那堵牆上的都市大樓迅速生長，險些擦過畢斯可等人，將留在原地的重型機車彈飛出去。

「那是什麼鬼？霍普！我們該怎麼辦？」

「能夠使出這種華麗招數的，只有一個人……！」

『啊～哈、哈！霍普，真的是你！』

「喬伊！」

響遍東京的笑聲傳來，都市之牆嘎吱作響重組區劃，以紅色大樓為頭髮，白色大樓為皮膚，

形成一個極為巨大的人類上半身，彷彿粗糙的馬賽克畫。

『你們來晚了！蕈菇抗體程式很快就能在伺服器上啟用。現在投降還不遲，快點拋下猴子，回到我們身邊吧！』

「我拒絕！我要幫助人類，帶他們找到阿波羅！」

『是喔，那就再見啦。變成破銅爛鐵吧，霍普！』

直角的大樓接連從都市牆．阿波羅．喬伊身上延伸出來，企圖攻擊空中的畢斯可等人。

「嘶！」

「嘶！」

兩名蕈菇守護者以強弓射中都市大樓，開出蕈菇將之摧毀，都市牆卻一再重組區劃，以新的大樓迎接攻擊。

『啊～哈哈哈哈！被跳蚤咬了，好癢啊！』

「可惡，沒個頭緒！到底要射哪才好？」

「冷靜，赤星。驕傲的傢夥一定有其弱點。」帕烏護額下一雙眼睛炯炯有神，這麼說道。

「霍普！他的本體應該藏在牆壁裡吧？你覺得會在哪裡？」

「說得沒錯！可是這麼大一面牆，到底會藏在哪……！」

霍普被美祿揹在背上，大樓接二連三的攻擊使他流了一身冷汗……當他伸手擦拭額頭上的汗水時，靈光一現地睜大眼睛。

「對了，核心就在這裡！身為阿波羅親信的我們，額頭的印記底下都有一顆核心！」

「額頭的印記底下？」

美祿聽完霍普的話，再次抬頭看向牆壁。喬伊臉部的馬賽克畫由白色大樓所構成，在他額頭上可以明顯見到一棟紅色大樓。

「是那棟紅色大樓吧……！畢斯可，用真言弓出擊！」

「好！」

兩名蕈菇守護者聯手藉著杏鮑菇跳起，在空中背靠背擺出真言弓的架式，橙色與祖母綠色孢子隨即噴出。美祿輕動雙唇唸出真言：「won（唵）／shad（釋得）／viviki（維毗其）／snew（蘇內巫）！」閃耀的孢子化作大弓的形狀，出現在畢斯可雙手中。

「上吧，畢斯可！」

「看招——！」

咻砰！真言弓的箭矢不偏不倚地刺在紅色大樓的屋頂上，貫穿進去。一朵特大的食鏽「啵咕！」一聲，開在都市牆的額頭上。

『嗚、嗚哇——！蕈、蕈菇……害避難所破洞了！』

都市牆．喬伊連忙停止攻擊，想將受損的部位以其他大樓替代。然而食鏽的菌絲已在那周圍扎根，阻礙了喬伊的行動。

兩名蕈菇守護者翻身落在道路上，臉上浮現斗大的汗珠，氣喘吁吁。

「他的本體好像在地底的避難所！糟了，若不追擊，他很快就會再生！」
「話雖如此，我們也沒辦法一直用真言弓啊！」
「美祿！赤星——！」
三人聽見聲音回頭，只見帕烏再度跨上先前被吹飛的重型機車，將油門催到底，發出巨響衝過來。她單手拿著鐵棍「霍！」地揮了一下，鐵棍反射街燈，閃閃發亮。
「我來解決他！用杏鮑菇把我送上去！」
「帕烏！」
「美祿，配合我！」
兩名蕈菇守護者立刻互相配合，將杏鮑菇箭射進重機前方的道路。杏鮑菇的菌絲迅速侵蝕柏油路，發芽前的力道撼動了大地。
「喝啊——！」
啵、咕！
機車上的帕烏將鐵棍用力一揮，從正上方擊中他們射的箭，該衝擊使一朵巨無霸杏鮑菇以驚人之勢綻放。帕烏隨著機車彈起，宛如一顆劃破夜空的流星，在都市牆試圖絞斷食鏽，填補空洞之際，像是受到磁鐵吸引般衝進他額頭上的洞。
『嗯？嗚哇、妳、怎麼……嗚哇——住手——！』
「我、我的天哪，成功了！帕烏衝進去了！」

「喂，要退嘍，霍普！」

阿波羅．喬伊的慘叫傳遍四周，聳立的都市牆也發出轟響逐漸崩塌，大樓一棟棟砸碎在地。原本如馬賽克畫般隆起的阿波羅．喬伊面孔也消失無蹤。直立的都市牆向後90度傾倒，變回一片平坦。

「霍普……你看那裡！」

美祿所指的方向，在整片倒塌的都市牆中留著一排整齊的都市大樓，階梯似的連接至浮在空中的皇居。

星空中的球狀皇居微微泛著藍光，像在等待畢斯可等人的到來。

「他好像在邀請我們。」

「這樣正好。」畢斯可聽見搭檔的話點點頭，扭了扭脖子。「我們千里迢迢趕來這裡，不射個一兩箭可嚥不下這口氣。」

「可、可是，我們得先去救帕烏吧！」

兩名少年若無其事地低語完，霍普連忙衝到他們中間激動地說：

「那座都市之牆雖然倒了，但帕烏還在和阿波羅的分身喬伊單挑。他們正在那片倒塌的都市中激戰……」

「廢話。正因為沒時間了，帕烏才會用這一招。她不會輸的。如果跑去救她，她反而會把我們的脖子折斷。」

「怎、怎麼會……啊啊！畢斯可！」

畢斯可跑向由都市大樓形成的綿長階梯，美祿輕輕抱起霍普跟在他後頭。霍普不解地望著美祿的側臉問道：

「美祿，這樣真的好嗎？她是畢斯可的妻子，是妳的姊姊啊！」

「在室內一對一的情況下，沒有人贏得過帕烏。」

美祿露出微笑安撫霍普，為了追上搭檔而加快腳步。

「賈維、芥川、帕烏……都相信著我們，化身成弓將我們射出。所以我們必須貫徹到底，我們是大家的箭哪，霍普……」

霍普看見美祿笑容下柔弱搖曳的雙眸，頓時說不出話。他又看向畢斯可奔跑中的背影，緊緊咬住下唇。

他們一定很想救她。然而戰士之間有著超越言語的愛，這份愛不允許他們這麼做。少年們平靜地背負著這悲傷而堅定的決心，霍普明白這點後為此感到慚愧，他用力閉上眼睛，像要揮別煩惱似的再度睜開。

「我明白了。走吧，畢斯可、美祿！我將性命賭在你們身上了！」

15

狹小的地底避難所中，重型機車冒著黑煙「插在」粗糙的地板上。精密機械受到鐵棍摧殘，零件散落在重機周圍，火花四溢。

「……我的都市牆程式……」

阿波羅．喬伊雙膝跪地，茫然地看著控制台的殘骸。

「再華麗的魔術，只要背後的原理遭到破壞，也不過如此。」

鐵棍「霍！」地劃破空氣，亮麗的黑髮飄逸在風中。帕烏挑釁似的扭了扭脖子，伸出鐵棍指著眼前的喬伊。

「若你不還手，敲破你的頭也只會讓我留下罪惡感。要是你對自己的身手有信心，就站起來反抗我。」

「……妳有什麼好自豪的？不過就是弄壞了我的玩具……」

喬伊和俯視的帕烏對上眼，那雙紅眸忽然睜大。

「**發射．都市蛇！**」

喬伊右臂一揮，掌中立刻冒出由大樓連接而成的鏈狀物，宛如一根長鞭，噴著藍色粒子在他腳邊呈蛇形捲起。

「我叫喬伊，是阿波羅的分身！妳不過是隻母猴，少自鳴得意了！」

（……看來，勝算很低。）

善戰的女戰士帕烏雖然表情自信滿滿，但已經感覺到自己和喬伊之間懸殊的能力差距。儘管她在技巧和瞬間爆發力方面占上風，但她的武器畢竟是鐵棍，幾乎不可能傷到身為粒子聚合體的喬伊。

（不過，可以利用他易怒的個性，找到可乘之機……！）

「我要把妳的皮膚全都撕爛……妳怎麼對我的玩具，我就怎麼對妳！」

「真有自信，剛才明明還躲在地底不敢出來。」帕烏美豔的嘴唇挑釁地呵呵笑了起來。「不服的話就用你的實力讓我閉嘴吧，儘管撕裂我的喉嚨。」

「如妳所願！」

喬伊飛撲而來，帕烏「喝啊！」大吼一聲，以鐵棍迎擊。

都市鞭和鐵棍冒著火花交鋒，發出「鏗、鏗！」金屬撞擊的聲音。第二、第三下時兩者的技藝不相上下，但喬伊那根變化自如的鞭子繞過了帕烏用以防禦的鐵棍，纏住她的騎士套裝，無情地劃破那美麗且白皙的肌膚。

「！唔嗚嗚！」

「蠢貨～用那種破棍子怎麼擋得了都市蛇呢？叫啊，大聲叫吧！」

都市蛇像有意識般自在活動，動作和帕烏之前交手過的任何武器都大不相同。縱使她拚命應戰，美麗的身體仍被劃上好幾道慘不忍睹的撕裂傷，每當她揮舞鐵棍時鮮血便四處噴濺。

「來啊、來啊！叫出來、哭出來，快說『殺了我』吧！」

「唔嗚！嘎、嗚喔啊……！」

「有機可乘！」

啪滋！

喬伊揮來的都市鞭擊中了帕烏的肩膀，從她的鎖骨一路到胸口，像刀子般深深切開她的肉。

儘管感受到撕裂全身的痛楚，帕烏仍在交鋒時做好防禦姿勢，拄著鐵棍站了起來。

溫熱的血啪答啪答打在地上，小型都市撐破帕烏美麗的身體，接連長出。

然而——

「咿咿……呼呼……哈啊——唔……！」

帕烏咬緊牙關，深深吸氣……即使渾身是血仍瞪著喬伊。那雙湛藍眼眸炯炯有神，顯示出她堅強的意志。

「什、什麼……這是怎麼回事？」

另一方面，喬伊則無力地垂下那條施以無數次痛擊的都市蛇，抖動肩膀大大喘氣。

「妳又不能關閉痛覺，怎麼能叫都不叫一聲？太無趣、太無趣了！」

若是一般人受到這樣的攻擊，肯定會痛到當場死亡，帕烏的柔嫩肌膚更是挨了十多鞭。原本占盡優勢的喬伊錯愕之餘，也透露出些許恐懼。

「哼、哼哼哼……你只能讓女人痛到叫出來嗎？」

「……什麼？」

「……阿波羅．喬伊，這名字真沒意思。」帕烏嘴角流著鮮血，面帶輕蔑笑容嘲諷道：「只有你自己開心，無法讓任何人幸福……你的主人阿波羅……肯定也是這種無趣的男人吧。」

「妳……說什麼！妳在取笑阿波羅嗎！」

不光是自己，連敬愛的阿波羅都受到莫大羞辱，使喬伊怒火中燒。他將藍色的都市蛇高高舉起，朝傷痕累累的帕烏甩下去。

（……就是現在！）

致命的一擊近在眼前，帕烏卻像在看慢動作似的，湛藍眼眸犀利地亮起。

噠！

黑色旋風蹬地一躍。在那慢動作的世界中，帕烏以鐵棍擋下鞭子後，順勢將鐵棍如迴力鏢般扔出去，插在自己對面的牆上。

「嗯？妳、妳怎麼把武器？」

原本該纏在鐵棍上，劃破帕烏皮肉的都市鞭，反而被插進牆壁的鐵棍拉走，限制住喬伊的行動。喬伊瞬間不知如何是好，帕烏乘隙如旋風般躍起，從懷裡拿出個東西深深刺進他胸口。

砰！

帕烏全力撲向喬伊，使他噴飛出去，腹部被插在牆上的鐵棍前端，深深刺穿。

「唔嘔！」

喬伊難受地嗆咳起來，口中吐出許多白色粉末。帕烏仰頭看他，滿是鮮血的臉露出笑容，將刺進他胸口的東西留在原位，往後跳開。

「稍微挑釁一下你就中計了，明明只要看著我被都市吞噬就好的。」

「……妳不過偷襲了一次，那又怎樣？」

喬伊胡亂動著身體，往前走了幾步，想將身體從鐵棍上拔出。

「沒用、沒用！我的身體由阿波羅粒子構成，無論用蠻力將我撕碎多少次都傷不到我！我和你們這些猴子不同，可以一直……」

啵咕！

喬伊說到一半，一朵太陽蕈菇便穿破他的脖子綻放，他驚恐地發出「嗚、哇啊！」的慘叫，連忙拔掉蕈菇。

「這是我弟弟美祿……用他的智慧和苦心鑽研出的食鏽安瓶。」

深深刺進喬伊胸口的是美祿從畢斯可血中萃取的百分之百純食鏽安瓶。試管中的太陽色液體緩緩流進喬伊身體，瘋狂吞噬阿波羅粒子，亮麗綻放。

「要是貿然拔出，安瓶就會破掉開出更大的蕈菇。不過放著不管，結果也一樣。」

「騙、騙人，我不要這樣……死在猴子的文明下！」

「猴子的小聰明就能殺死你。」

「嗚哇啊啊、閉嘴閉嘴————！」

啵、啵！中型食鏽炸裂開來，喬伊卻從鐵棍中抽出身體跳了起來，隨即變出都市蛇朝帕烏揮過去。

嘩！

大量鮮血向四周噴濺。帕烏以護額抵擋喬伊的都市鞭，曾經滿布鏽蝕的臉如今裂了一半，但她的眼睛仍然眨都沒眨，閃露必勝的自信光輝。

「這……怎麼……可能！」

「這次換你叫了。」

帕烏對著地上的鐵棍前端用力一踩，使之彈至空中，一把抓住後……

霍、霍！

她呈十字撕裂喬伊的身體，敲碎他體內的食鏽安瓶。喬伊的身體剖面露出太陽光芒，照亮整間避難所。

「嗚哇、啊、啊啊——唔……嗚哇啊啊————！」

啵、咕！

食鏽撐破喬伊的身體爆炸似的綻放，威力大到帕烏連鐵棍都握不住，只能無力地翻滾出去，撞上避難所的牆壁，倚靠在牆上。

「……呵、呵呵……啊——哈、哈！你看吧！是我贏了！」

她已經連一根指頭都動不了，仍像個純真的孩子一樣笑著。

眼前的食鏽即將爆炸而膨脹震動，帕烏慢慢平復呼吸，望向自己皮開肉綻的身體，以及身上逐漸長出的都市建築，她滿足地靜靜閉上眼睛。

（我沒有遺憾。）
（也沒有絲毫悔恨。）
（因為我，盡力活到了最後一刻……）
（為了兩個心愛的人而死。）

（啊啊，可是……）
（最後我還是有個心願。）
（什麼神都好，請將我的魂魄變成盾牌……）
（守護那兩個人。）
（請您……）
（守護他們……！）

啵咕！
巨大的食鏽衝破東京地底，乍然盛開。

宛如照亮少年們前途的太陽，將東京的夜空點綴得格外璀璨。

16

「到了，前面就是伺服器室！」

「前面嗎……」

三人跳著爬上都市大樓形成的階梯，終於抵達終點。望見那個泛著光澤的巨大球形建築物後，卻有些遲疑。

「我們要怎麼進到球裡面？」

「美祿，放我下來。你們退後一點！」

霍普跑向微微發光的巨大球體，將手貼在牆上。

他閉上眼深呼吸，四根辮子飄了起來，身上湧出粉紅色粒子圍繞著他。

「**清除．防護牆！**」

霍普唸完咒語，牆壁便出現粉紅色龜裂。

「畢斯可！」

「好！」

畢斯可應霍普要求朝裂痕中心射了一箭，球形牆壁隨即「啪唧！」粉碎，露出一片漆黑。

「阿波羅應該就在……嗚、哇！」

「霍普！」

霍普探頭張望，卻被湧上來的藍色粒子包覆。那片漆黑看似是建築物內部的暗影，其實是深藍色粒子的聚合體，還如雪崩般大量湧出。

深藍粒子的洪流像有意識似的扭動，將三人完全吞噬，「咻砰！」拉進建築物中。

啪！

「好、痛！怎、怎麼回事？」

「畢斯可！怎麼可以打人家巴掌！那是女生的臉耶！」

「可是他醒啦，現在哪管得了那麼多！」畢斯可對抗議的搭檔吼了一聲，搖晃霍普的脖子，指著前方說：「霍普！別再睡了。你要找的是不是那個？我們該怎麼做？」

「！那是……」

畢斯可等人身處一個黑漆漆的半球形空間。空間中央有道綠色強光斷斷續續地照亮著地板和牆壁。

空間中央的光源是個浮在空中，無比巨大的綠色方塊。它被裝在圓筒狀的玻璃管中，不停蠢動改變形狀，並發出「滋滋滋滋」飛蟲般的雜音。

「對！那就是『伺服器』！2028年4月9日，日本毀滅前的備份都存在那裡面！」霍普看著那道綠光微微瞇起眼睛，激動地說完以後轉向畢斯可。「那個東西我來處理！你們去把阿波羅……」

「我有東西想展示。」

一股低沉而冰冷的聲音從伺服器背後響起。三人瞬間繃緊神經，只見那裡站著一個白衣男子，雙眼亮著紅光，紅髮如火舌般搖曳。

（他是什麼時候冒出來的……？）

（畢斯可，別大意！）

阿波羅的鞋音喀喀響起，他走向板著臉的兩名少年，以低沉嗓音說道：

「但能看我展示的人都不在了……雷吉、喬伊，都被你們粉碎了。」

「喔，節哀順變。」

畢斯可事不關己地說完，正面迎上阿波羅的視線，以翡翠雙眸回瞪著他。

「沒有觀眾，你的拿手把戲還有什麼意思？看來你也快不行了。」

「有，你們就是觀眾。我叫你們來，就是為了這個……」

阿波羅以不帶情緒的冰冷聲音說完後，在伺服器的亮光前舉起右手。接著半球空間漆黑的牆壁和地板便像被波浪刷過似的逐漸透明。寬廣的空間過沒幾秒就化為一座完全透明的巨蛋，四人就像浮在空中般俯瞰東京的夜景。

「沒想到自然產生的粒子竟會阻礙『復原』。」

阿波羅將視線從畢斯可身上移開，望向附在嬌小少女身上的分身。

「不過蕈菇抗體程式已經寫好，也安裝好了……伺服器正在運作，很快地現在這個……虛假的日本就會消失，重新迎來光輝的２０２８年。」

「你說什麼……！」

「我想讓你們看看其中一部分，就從你們大肆破壞的東京開始復原吧。」

畢斯可等人下方，透明的地板下，是他們擊破喬伊的都市牆時連帶毀損的大都市。阿波羅再次舉起手臂，喃喃說了聲：

「**發射・都市製造者。**」

「？嗚哇！」

三人腳下的都市發出轟響，脈動起來。他們親眼見到大都市東京崩解為細小的粒子，又再度聚合，形成一座新的東京。

「他、他變出了整座都市……！」

美祿不禁喃喃自語，眼前那座頹圮不堪的東京車站與化作都市牆時坍塌的街景一一恢復原樣。

就連對舊文明建築物不熟悉的畢斯可等人，也看得出眼前重現出的東京遠比他們一路上見到的小都市更加精密、精巧而美麗。阿波羅說這座都市已經克服蕈菇，它像在證明阿波羅的話般完美得驚人。

「……好美。就是這樣，這才是東京該有的樣子……」

阿波羅俯瞰腳下，安心地嘆了口氣。

「……霍普，這樣你懂了吧？無聊的夢已經結束了。你所幫助的那些人打從一開始就『不存在』……現在還不遲，回到我身邊吧。」

「……真諷刺啊，阿波羅！」

「……？」

「你讓這無聊的夢……變得更耀眼了。最耀眼的一幕就在你身後！」

阿波羅見到霍普自信的笑容連忙回頭，看見一座太陽般燦爛的食鏽塔。周圍盡是一些復原失敗的大樓和高塔，在整齊的市容中唯有那處特別顯眼，顯然是程式錯誤。

「……那是、食鏽……！」

「什麼蕈菇抗體程式？笑死人了，阿波羅！」

霍普雙目圓睜，額上印記閃閃發亮，向阿波羅咆哮道：

「那正是生命進化的象徵，超越你我的想像。你認為一個保存昔日亡魂的程式阻止得了正在進化的生命嗎？你認為停滯不前的我們能夠殺死持續前進的他們嗎！」

「……霍普，你這混蛋……」

「他們才是明天，他們才是『人類』！為什麼你就是不懂呢？阿波羅！」

少年們從未見過霍普這樣憤怒咆哮，為此驚訝不已。而阿波羅儘管微微咬牙，仍維持著冰冷表情，低頭深深看著少女軀體中的霍普。

「……我心中曾經有過和你一樣的情感嗎？」

阿波羅伸出右手，緩緩舉向霍普。

「把你分割出去是對的……只要你消失，就沒有人能阻止伺服器。這次我一定要讓你化為沒有意識的塵土。」

「霍普！退後！」

「**發射．都市製造者……**」

兩名少年擋在霍普身前，放箭射中阿波羅。兩支箭「咚、咚！」貫穿了他的身體，卻無法讓具備抗體的他停下動作。

「**射出。**」

「可惡！」

畢斯可連忙朝地面射箭，使杏鮑菇啵地綻放，將襲來的方塊彈向上反彈。然而方塊仍以不變的速度繞至少年們身後，狠狠刺進霍普的側腹。

「唔、啊啊！」

「霍普！」

儘管美祿拚命伸手，光彈仍將霍普勾起，將他拉離美祿手中帶回阿波羅身邊。藍光方塊接著分裂成四塊，分別銬住少女的雙手雙腳，將其釘在空中。

「美祿！用真言弓把他射爆！」

「知道了，畢斯可！」

阿波羅瞥見那把打敗過自己的真言弓光芒四射，在畢斯可手中成形，但他並未轉過頭去，而是步步走向霍普。

「……我的任務……完成了，我已將他們帶來這裡。你就徹底殺死我吧，阿波羅。不然你又要吃苦頭了……」

「你遠比喬伊、雷吉……還要能幹。」

「……」

「最後我只想問你，為什麼要背叛我？為什麼不站在我這邊？」

「……唔、那是因為……」

阿波羅的手冒出藍色粒子，伸至霍普眼前。霍普與他四目相接，紅眸流下一行淚水。

阿波羅手上光芒漸增，貼近霍普的臉，從他額上印記中逐漸吸出一顆閃亮的紅色方塊。

「……我喜歡你……因為我喜歡你，阿波羅……」

「……再見了，霍普。」

「放開他——！」

咻砰！太陽之箭冒著火花飛過來，阿波羅舉起一隻手將之擋下。畢斯可的箭和阿波羅的粒子撞在一起，使室內空氣隨之震動。

「……不得不承認，你的力量……確實很嚇人……」

強烈的衝擊使阿波羅的頭髮飄動不已，但他的表情仍未改變。

「不過說到底，霍普只是……看到螻蟻擁有出乎意料的力量而感動罷了。跟『人類』擁有的文明力量相比……你們的力量太微弱、太渺小了……」

砰咻！阿波羅手一揮，使真言弓的太陽之箭斜向彈飛，飛向空間深處，在那裡「啵咕、啵咕」開出食鏽。

「……怎、怎麼會……！」

「那混蛋……正面彈開了我們的箭！」

眼見必殺的一擊遭敵人單手撥開，少年們驚訝得雙膝跪地。這時紅色方塊在衝擊下飛來，滾到他們面前。

『……美祿……你在嗎？』

「霍普……！」

美祿捧起那閃著微弱紅光的方塊，舉至眼前。方塊逐漸化為紅色粉末，消散在空氣中。

「不……不行，不要走，霍普！」

『別放棄，美祿……人類……你們每次墜落絕望的深淵……都會再度爬起。就像黑夜結束，太陽總會升起一樣……』

「霍普！」

『這是我最後一絲力量，雖然很薄弱……但就交給你了，美祿。我相信……你們一定能照亮人類的明天……』

「霍普！等……」

啪！玻璃碎裂聲響起，紅色方塊四散在空中。那些紅色碎片接觸到美祿時光芒轉為綠色，緩緩沉入他皮膚中。

「霍普……」

美祿握住手心殘留的溫度，低頭閉上眼睛，祈禱似的低語。

（我明白了，霍普。）

轟！一陣強風以美祿為中心颳了起來。

美祿血液中沉睡的食鏽孢子紛紛覺醒，湧現在他周圍發出綠光。同時他的天藍色頭髮也在強風中飛舞，變成鮮豔的祖母綠色。

他的雙眼倏地睜開，額上多了個和霍普一樣的印記，綻放出耀眼的淺綠色光芒。

「……你接收了霍普的權限嗎？這怎麼可能，一隻猴子怎麼……」

「畢斯可，上嘍！」

「好！」

阿波羅冰冷的臉露出些許驚訝，兩名少年疾風似的跳向他。箭矢自前後如機關槍般一一射中阿波羅，但濃縮在他體內的抗體遠比都市的更強，使食鏽的菇毒無法生效。

「都說沒用了，你們還不明……」

啵咕！阿波羅腳邊突然開了朵杏鮑菇，他被其發芽的力道高高彈起，重重地撞上透明天花板。

「什、麼……！」

「美祿，趁現在！」

「won（唵）／shad（釋得）／gahnahi（嘎那希）／snew（蘇內巫）（以重物壓垮對方）！」

美祿聽見畢斯可的呼喚後開始詠唱真言，他額頭的印記變得更亮，使真言威力倍增。美祿變出一座沉重的大鐘，從阿波羅所在的天花板反向砸落將他猛然搥向地面，並把他露在外面的左臂截斷。

「王八、蛋……！」

墜落的衝擊使大鐘發出高亢聲響，掩蓋了阿波羅的怨聲，沒傳進少年們耳裡。美祿隨即跳回搭檔身邊，看著大鐘逐漸從內部裂開，氣得微微咬牙。

「沒用，完全沒傷到他！連食鏽也種不進去，到底該怎麼辦……」

「喂，為什麼偏偏用鐘砸他啊？看起來好蠢。」

「那是克爾辛哈的習慣……不要吵啦！我在思考！」

阿波羅的拳頭「咚！」地從內部穿出，使大鐘瞬間變回綠色粉末。他不帶情緒地看著自己噴飛的左手，唸了句程式命令。

「**發射・都市製造者。**」

阿波羅還沒唸完，他左臂斷裂處就「啪滋啪滋！」以嚇人的速度長出小型都市建築，化為手臂、手掌、手指，就連原本的實驗衣也再現，使他多了隻全新的手。

「哼！各個都像蜥蜴一樣，一直再生。」

「……『都市製造者』……」美祿忽然抬頭，額上的方塊印記閃閃發亮。

「……對了！可以攪亂他的命令語……！」

「再過十分鐘，你們就會消失。我本來不想理你們的。」

阿波羅雙手冒出藍色粒子，睜大血紅雙眼，瞪著畢斯可。

「但畢斯可，你的食鏽之力對我還是個威脅。為了彈開剛才那一箭，就耗了我一半的記憶體……世界復原後，說不定你還會引來更多程式錯誤。」

「你怎麼突然對猴子講話這麼謙虛啊，阿波羅博士？」

「我說過，承認敵人的實力也是種『禮貌』。」

畢斯可走上前迎接阿波羅的挑戰，悄悄用身體擋住美祿，低聲問他：

「撐四十秒，夠嗎？」

「別小看我，二十秒就夠了！」

「哦？會回嘴了嘛！」

噠！畢斯可和阿波羅同時蹬地，以驚人速度跳起來。火焰般的橙色與黑夜般的藍色各自劃出弧線，兩道踢擊在空中激烈交鋒，發出空氣炸裂的聲響，撼動了整個空間。

「你不是學者嗎？踢技滿強的嘛！」

「我複製了你的戰鬥資料。這樣我們身手差不多，你就沒勝算了。」

「那可不一定，俗話說，男人每三秒……嗯？」

「是『士別三日，刮目相看』！白痴！」

「總之我還在長啦！」

畢斯可說完便翻了個身，以大衣遮住阿波羅的眼睛，拿起閃亮的短刀維持原速劈向對方。阿波羅也在瞬間變出藍色短刀，不受視線影響，順利擋住畢斯可的斬擊。

鏗、鏗、鏗！

橙色與藍色發光體在空中數度撞擊，雙方分別以短刀和踢擊交鋒，冒出大量火花。每經過一次次交鋒，畢斯可動作越來越快，身上噴出的食鏽孢子也越來越多。

「白費力氣！不管你做什麼動作，我都可以用自動模式迎擊！」

「真的呢，阿波羅！從來沒有人能接我這麼多招！」

（……這、這傢伙真的越來越快了……！）

畢斯可的攻擊逐漸加速，使阿波羅必須將「都市製造者」的系統資源用在防禦上，無暇發動攻勢。然而——

啵咕！

「……唔！」

畢斯可熱得發亮的後頸開出一朵蕈菇，使他動作變慢了些。這只是一瞬間的事，他很快就調整回原來的速度，但瞬間的可乘之機卻讓阿波羅確信自己勝券在握。

「過熱了吧，畢斯可！猴子的身體再怎麼強韌，也容納不下那麼多孢子。我只要繼續撐下去，你就會自己倒下！」

「你以為我聽你這麼說，就會乖乖停下來嗎！」

啵、啵！畢斯可身上接連開出食鏽，使他的身體更加耀眼。那道光芒亮到極點，連旁人也看得出他快要爆炸了。

（蠢貨……他想光榮死去嗎？隨他吧，反正我贏了！）

兩人一次又一次交鋒，就在接近天花板時，畢斯可的翡翠雙眸亮了起來。

「……就是現在！」

「咦？」

畢斯可抽出一直沒用的弓，壓低身子貼上天花板後，拉滿弓朝天花板射了一箭。

啵咕！

食鏽的發芽力增至極限，它用比杏鮑菇更強的力道摩擦並劃破空氣，反彈畢斯可的身體。阿波羅連忙防禦，畢斯可順勢踹了他肚子一腳，兩人如隕石般落向地板。

「這……這不可能！」

「防不了吧！這是我的新招——！」

砰、隆！

畢斯可利用食鏽的發芽力使出閃電般的踢擊，狠狠踢碎那座空間的地板，更在阿波羅肚子上開了個大洞。

（要、要修復……）

阿波羅口中咳出白色粉末，還來不及唸出咒語，就在那瞬間的空檔——

「won（唵）／viviki（維毗其）／nagira（那基拉）／city（希提）／maker（梅克）／snew（蘇內巫）！」

美祿朝畢斯可喊出真言，令綠色方塊畫出弧線飛去。方塊在畢斯可手裡形成祖母綠色的箭，在畢斯可的光芒映照下閃閃發亮。

「兩個白痴！你們還學不乖？箭是射不穿我的！」

「我和美祿的箭沒有射不穿的東西！」

咻砰！畢斯可向後一躍將箭射出，祖母綠箭輕輕鬆鬆就貫穿了阿波羅當下變出的防護罩，繼續「簌！」地刺進他胸口。

「唔！」

阿波羅咬緊牙關承受攻擊，但那支箭卻沒有開出蕈菇。他的表情逐漸恢復從容，得意地對少年們說：

「只是虛張聲勢嘛。如果你們沒招了，就輪到我啦……**發射．都市製造者！**」

阿波羅唸完咒語，藍色粒子便從他全身湧出。

「喂，美祿！那支箭是怎樣？你變了個爛貨給我？」

「你好好看著。」

「……怎麼了……？粒子、沒有凝固……？」

阿波羅身上的藍色粒子不但沒照他想的行動，還如霧般消失在空氣中。

「這是怎麼回事？**發射．都市修理**……**發射．都市製造者！**」

見到阿波羅粒子竟然出了錯，阿波羅咆哮起來。接著他眼前冷不防響起「**嗡**」的一聲，顯現出一個薄薄的方形視窗。

被方框圍繞的薄窗上……

『**由於系統資訊變更，您已停用「都市製造者程式」。錯誤碼：a202809。**』

寫著這串咒語般的文字，不斷忽明忽暗。

「我被停用了？這怎麼可能？我是『都市製造者』的最高權限者！」

『**嗡**』

「沒錯，但僅限於你的程式語言下。」

『**嗡**』『**嗡**』

「什麼、意思……！」

『嗡』『嗡』『嗡』『嗡』告知系統錯誤的方形視窗持續作響，變得越來越多，在阿波羅四周整齊地旋轉起來，接著「咚咚咚咚！」一同刺向他的身體。

「咳啊——！」

「這些『反都市箭』是由真言構成的。真言，是霍普託付給我們的一種新的語言……讓我們能夠凌駕於你的權限之上。」

視窗從四面八方刺向阿波羅的身體，吸收他身上的藍色粒子，使蕈菇抗體程式失效後就此碎裂四散。

阿波羅遭畢斯可踹破的腹部開始受到太陽菌絲侵蝕，那感覺令他戰慄。

「霍、霍普……創造新的語言，就是為了這個？他費心將語言隱藏在宗教中……僅僅是為了這支箭？」

「你們到底在講什麼？能不能用我聽得懂的方式說明一下？」

「意思是，比起阿波羅老舊的魔法，我們的真言更強。」

「是喔？」

阿波羅氣喘吁吁，咬牙切齒瞪著美祿。

「我怎麼會……輸給這種假的程式，假的人類……」

「畢斯可，他說我們是假的呢。」

「由他說吧，哪有什麼真的假的。」畢斯可邊拔掉自己身上長出的食鏽，邊吸了吸鼻血。

「反正這傢伙如果掛了，就只剩我們了。」

「一群……猴子——！」

阿波羅使盡殘餘力氣拔出胸上的箭，冰冷的臉上浮現必死的決心，讓藍色粒子集中至雙臂。

「若他一開始就用那副表情應戰……」

「結果就很難說了！」

少年們背對背射出兩箭，分別擊中阿波羅的心臟和頭部。沒多久，阿波羅的眼睛、耳朵、嘴巴便冒出橙光。

啵咕、啵咕、啵咕！

食鏽劇烈爆炸，將他炸得四分五裂。強風將少年們的大衣吹得翩翩飄動，他們站在原地看了一會兒。

「……這樣就結束了嗎？我總覺得還沒完耶。」

「還要關閉伺服器。我要用霍普留在我體內的權限，進到那裡面……」

砰、轟轟轟轟！突然傳來一陣巨響，整個空間開始震動。巨型方塊外的圓筒狀玻璃牆開始「啪、啪！」裂開。

『喔喔喔、喔、喔喔喔喔！』

綠色方塊隨即如波浪般變換形狀，方塊表面冒出一張張痛苦掙扎的人臉，每張臉都開口發出哀怨的咆哮。那個資訊生命體從方正的幾何形狀瞬間化身為巨大惡靈，鬼火般的粒子集合體接連從中飛出，聚集在破碎的阿波羅屍體周圍。

「它們還想讓阿波羅復活！但霍普的力量所剩無幾……」

「那好吧，就由我一個人來對付他。」

「怎麼可以，畢斯可！」

「那團超大的鬼火，只有你能進去吧？」他們眼前的阿波羅正將盛開的食鏽一一變為都市並吸收後，逐漸恢復原本的身形。畢斯可盯著阿波羅扭了扭脖子說：「這傢伙也是個幌子，只要你能阻止那團鬼火，我們就贏了。」

「……畢斯可，你會贏吧？」

「我才要問你，你會平安回來吧？」

「當然啦。」

「哈！」

畢斯可露齒而笑，全身再度噴出火星般的孢子。

美祿明白畢斯可這是在對他說「去吧」。他跑向那個不斷膨脹且化為魍魎的伺服器，又忽然停下腳步。

「……畢斯可！」

美祿睜大眼睛不安地看著搭檔。他們克服過無數次生離死別，此刻這種感覺卻再度湧上心頭，使美祿不禁回頭。

畢斯可對上搭檔許久未曾露出的脆弱眼神，將拉開的弓暫時收回背上，大步走向愣在原地的搭檔，將那髮色變為祖母綠色的後腦杓按在自己肩上，用力抱緊對方。

「…………」

「…………」

「…………」

「…………」

「夠了嗎？」

「……再四秒……」

「……」

「……我走了！」

「好！」

畢斯可將美祿的臉拉離自己肩膀，以那張招牌笑容，露出犬齒自信一笑。接著便抱著搭檔高高跳起，將他扔進膨脹的伺服器中。

「上吧，美祿！去拯救人類！」

「我一定會回來！等我，畢斯可！」

美祿飛了出去，額上印記露出耀眼光芒。他伸手輕觸蠢動的伺服器，粒子隨即蜂擁而至，他堅定地瞪著那些粒子，一雙藍眸閃閃發亮。

「霍普……借我力量！」

美祿閉上眼唸了句真言，額上的印記變得更亮，湧上來的粒子便如潮水般退去。伺服器上開出個洞，美祿咻地被吸了進去，消失在深淵之中。

「……好了。」

畢斯可看著搭檔離去後滿意地笑了，重整旗鼓轉向阿波羅的屍體。

阿波羅的屍體將身上盛開的食鏽全部變成都市吸進去，還吸收了伺服器中不斷湧出的怨靈，恢復原本的身形，現在正緩緩起身。

『喔、喔喔喔，畢斯可，喔喔。』

深到接近漆黑的藍色粒子包覆他全身，他的身體不停搖動，唯有雙眼和頭髮和原本的阿波羅一樣亮著紅光。

「……你已經不是阿波羅了吧？你把他藏哪去了？」

『畢斯可、畢斯可，喔喔。好可怕，消滅他。咱們會，我們會消失。畢斯可。快點、快點摧毀他。除掉他，除掉畢斯可。』

（那感覺是魑魅魍魎的集合體。）

阿波羅雖然仍保有人形，但他發出的聲音有男有女、有老有少，那些聲音全都敵視且害怕畢斯可。

『阿波羅，戰鬥吧。消滅他，阿波羅。你要殺了他……』

「啊、嗚、啊啊啊……！」

「阿波羅！」

「『２０２８年』……畏懼著你！」

阿波羅稍微找回自我意識，擠出聲音說道：

「就算……就算我會從復原後的世界消失，我也要恢復『２０２８年』……我要消滅你，畢斯可——！」

「三百年前的怨靈還敢跑出來，真是不要臉！」

畢斯可不屑地露出犬齒，繃緊全身後「啪！」地讓火星般的孢子炸開，包住自己。在那之中閃耀著一對翡翠色光芒，對上了阿波羅的視線。

「我的時間只屬於我。來吧，我再把你們蓋回棺材裡！」

「去死吧！畢斯可——！」

兩人儼然是光明與黑暗的化身，在蠢動的伺服器前迅速閃動，正面相撞。強烈的衝擊撼動整個空間，美祿所在的伺服器本體也隨之搖晃。

『好可怕。』『好殘忍。』

『好難過。』『好可怕。』

『好可怕。』『好過分！』

美祿在無底洞中持續墜落，負面情緒不斷湧入他的精神當中。那是股極度絕望的洪流，若是普通人接觸到立刻就會發瘋。美祿只能咬緊牙關，忍受那種拷問般的感覺。

（我一定要回去……回到大家身邊！畢斯可身邊！）

「美祿！別閉上眼睛。這裡是保護層，你得找出鑰匙！」

「……霍普？」

滋露緊靠在墜落中的美祿身邊，微微發出紅光。從那閃亮的紅眸和表情，美祿一眼就認出他是霍普。

「那些精神攻擊由我抵擋！你去找密碼……找鑰匙！」

「鑰匙……洞穴這麼大，會在哪裡？」

「我們現在在程式裡，視覺不可信！伺服器的主人重視『禮貌』……一定會把鑰匙藏在挑戰者找得到的地方！」

「……知道了，霍普！」

「拜託了，我沒辦法撐太久！」

霍普幫忙擋下侵蝕精神的絕望攻擊後，美祿終於找回蕈菇守護者的直覺。他很快就克服大洞帶來的墜落感，開始冷靜地觀察四周。

大洞周圍都是絕壁，寸草不生，無窮無盡地上下延伸。而且在這種速度下持續墜落，就算發現鑰匙也不太可能拿得到。

「……可惡，這種地方什麼都找不到！會不會已經錯過了……」

「不，霍普。要是對方真的這麼壞，根本不會放鑰匙。」

「美祿，你有線索了？」

「我試試看，錯了的話還請見諒。」

美祿乾脆地說著，從懷裡抽出蜥蜴爪短刀。

（這座大洞就是提示。如果到處都找不到鑰匙，就代表那從一開始就在我身上。）

（如果是我要藏鑰匙……）

滋！美祿毫不猶豫地將手上的短刀刺進自己的左胸，而後又憑著醫生的專業技術切斷胸骨。

「美、美祿！你、你在幹嘛！」

「沒事，不會痛。我們真的在程式裡吧？」

「是、是沒錯，可是……！」

美祿精神力過於強韌，令霍普訝異到說不出話。美祿掏了掏自己的心臟，從中取出一枚閃亮小物。

「有了。」

「喔喔！」

「這是什麼……戒指？」

那是一枚簡單而美麗的戒指，白金上鑲著祖母綠，在美祿手中熠熠生輝。

「不是鑰匙耶，我再找找看肚子……」

「不，已經夠了，這就是鑰匙……」

霍普隔著美祿的肩膀俯視那枚戒指，深深嘆了口氣後，拿起戒指緊握在胸前。接著再度睜大雙眼，在墜落中轉向美祿。

「接下來會有什麼連我都不知道，做好心理準備了嗎？」

「你不陪我嗎，霍普？」

「別擔心，你的心志堅強，一定能見到她……好了，去吧！」

霍普將白金戒指戴上美祿無名指那一瞬間，眩目的閃光便充滿四周。美祿再度失去意識，進入另一個更深的世界。

鏗、鏗、鏗！

每次太陽和黑影激烈撞擊時，火花便噴濺開來照亮空間。「2028年」的怨念黑影吸收畢斯可的炙熱光芒，在阿波羅手中化作漆黑短刀，刀光一閃追上畢斯可神速的動作，將他胸口斜向劈開。

「嗚喔喔！」

畢斯可看著自己的血如岩漿般噴出，痛得皺起臉來。

「嚕咕喔喔喔——！」

阿波羅宛若黑夜化身，在怨念聲操縱下，以超越畢斯可的速度跳起，使出畢斯可拿手的迴旋踢。畢斯可仍因短刀的傷害動彈不得就受到迴旋踢直擊，噴飛出去撞上遠方牆壁，冒出白煙。

『消滅、消滅、消滅，消滅他，消滅畢斯可。』

「畢　斯　可——！」

阿波羅發出野獸般的低吼撲了過來，他肩膀上——

一支箭「咻！」地劃破空氣以強勁力道刺入。阿波羅被太陽之箭擊中，呈螺旋狀噴飛，摔在地板上痛苦哀號。

「王、八蛋……你竟然、還有這種力氣……」

阿波羅抓起刺在肩上的太陽之箭，將其染為自己的夜色。畢斯可盯著對方，搖搖晃晃地起身，血如瀑布般流下。

（這是我現在能射的、最強的箭。已經開不出蕈菇了嗎……）

畢斯可多次以踢擊或短刀回擊，明白阿波羅被黑暗吞噬以後，其力量已遠遠超越人類智慧所能理解的範疇。但他看著自己汩汩流出的鮮血仍笑了出來，翡翠雙眸更加閃亮。

「解決一個流氓這麼花時間啊？我不知道2028年有多少人……全部湊在一起只有這點程度嗎？」

「閉嘴……！怨念會擴大的。不許褻瀆死者，畢斯可！」

「不爽的話就乖乖待在佛壇啊，你們就是因為這樣才會滅亡。」

『喔喔喔、喔喔喔喔、喔喔喔————』

怨靈們的憤怒化作更深的黑影，正要覆上阿波羅身體那一瞬間——

『呀啊——呀啊——呀啊啊！』

兩人身旁閃爍的巨大伺服器卻傳出尖叫，騷動起來。阿波羅集中在畢斯可身上的注意力立刻轉向伺服器，錯愕地睜大紅眼。

「怎麼可能！他突破防護了嗎？」

畢斯可見到慌張不已的阿波羅與躁動的怨靈們，雖然不明所以，仍看得出搭檔在伺服器內進行得很順利。

『哇啊，裡面有東西。拖出去，拖出去。』

『拖出去，阿波羅。有東西，潛進來了，潛進來了。』

「混蛋——！」

阿波羅正準備跳入伺服器中，畢斯可的箭再度射中他的側腹。咚！阿波羅在衝擊下彈飛，滾落在地板上。

「我看你能力進步很多，智力卻退化了不少。」

畢斯可將箭架在炙熱的弓上，露出的犬齒閃閃發光。

「我的箭不會讓你過去的。你想把美祿拉出來就先殺了我吧。」

「畢斯、可……」

阿波羅漆黑的身體亮起一道道箭痕，宛如星空一般。他拔出箭後怨靈接連附到箭上，轉眼間就形成一把漆黑的大弓，外型酷似畢斯可他們的真言弓。

「我……複製了你拿手的弓術，這樣你就、無計可施了。」

「你還有心情囉哩囉嗦，美祿正在裡面大鬧，你不管了嗎？」

「去死吧，畢斯可！」

砰！漆黑之箭在戰車砲般的巨響下射出，太陽之箭「咻！」地劃破空氣，雙方猛烈碰撞，在兩人中間放出極強的衝擊波後，漆黑粗箭折斷畢斯可的太陽之箭，畢斯可連忙閃身，箭便刺向他身後。

啵咕！

漆黑之箭以蕈菇般的力道爆裂，開出大樓、電線桿、紅綠燈等雜七雜八的都市設施。那陣衝擊將畢斯可甩向上方，他的背「啪！」地重重撞上天花板，使他吐了口血。第二箭乘勝追擊射向畢斯可，他在危急之際避開攻擊，都市又在他身旁「啵咕！」綻放，這次則將他震到地板上。

畢斯可感覺到骨頭啪嘰碎裂，他咬牙忍耐隨之而來的劇痛。

（可、惡……他的都市竟能隨意綻放……！）

『贏了，贏了，贏了，贏了。』

『消滅他，殺了他，消滅他。』

那把怨靈之弓越發凶惡，將箭射向滿身是傷的畢斯可。他拖著骨頭碎裂的身體站起來，賭上他全部的性命，瞪著那漆黑箭頭的尖端。

17

美祿走在一條整潔的走廊上。

那裡有著白色牆壁，可以隱約聞到各種藥品的氣味，既像醫院又像研究機構。他踩著喀喀作響的高跟鞋穿過走廊，忽然在一處冷清的門前停下腳步。

美祿調皮地瞇起眼睛，一下子將門打開。

「哈！」

「嗚、哇啊！」

門內傳來椅子翻倒的聲音，美祿一邊毫無顧忌地放聲大笑，一邊拉起跌下椅子的那個人。

「好、好痛……真是的，開門輕一點……啊、貓柳小姐。」

「別再喊我的姓了，很拗口啦！叫我多米諾就好。」

「……知道了，多米諾……」

「赤星，你又熬夜了？黑眼圈好重。」

美祿說完便蹲下和對方平視，面對面看著他的臉。

紅髮、紅眼，眼前的青年無疑就是他們剛才拚命對抗的阿波羅。但他臉上卻帶了點稚氣未脫的膽怯，和阿波羅那冷酷無情的表情天差地遠。

「哇，垃圾桶裡都是紅牛的罐子！全部都是你喝的嗎？會死人啦！」

「等……多米諾，別翻我的垃圾桶……」

「怎麼樣？」美祿晃著天藍色長髮，抬眼對阿波羅露出微笑。

「徹夜研究有成果了吧？看你雖然有黑眼圈，表情卻很開心。」

「……！」

阿波羅聽完這句話，膽怯的臉瞬間亮了起來。

「妳願意看我的研究嗎？」

「我每次不都來這裡看嗎？別一副我第一次來的樣子。」

「多米諾，妳看這個。」

美祿在阿波羅示意下望向圓筒狀的玻璃管。裡頭浮著一個方塊，緩緩變換形狀。

「跟之前的一樣嘛，差在哪裡？」

「妳看著它……想一下、那個……妳喜歡的形狀。」

「我喜歡的形狀？」

美祿照他說的嚴肅地看著方塊，想像一個形狀。接著粒子塊便逐漸改變外貌，變成美祿想的那樣。

「哇、哇、哇！好厲害！這是什麼？」

「多米諾，妳想的是什麼形狀？」

「蕈菇。」

阿波羅看著那顆蕈菇狀的粒子，恍然大悟地點點頭。美祿抓起他的手大力上下晃動，像要將瘦弱的他整個人拉起一般。

「好厲害！你好強喔，赤星！這種能呈現人類想法的粒子，從來沒人成功萃取過！」

「多、多米諾，等等，還不只這樣……這個粒子還能照著人類的想法隨意改變分子結構。現在還在實驗階段，但只要人類想要……無論自己的肉體，還是鈦製品……都能隨意做出來。」

阿波羅緊張地說完，那超乎想像的應用規模令美祿啞然，愣了一下。

「咦……什麼？也太厲害了吧……有點恐怖……」

「多米諾！我想拜託妳一件事。妳長得漂亮……又擅長社交，人脈很廣對吧？完成這項研究後……我想將它交給適合的、有良心的單位。所、所以……能不能將這項研究當成是妳做的……」

叩！

「好痛……怎麼用書的邊角……」

「笨蛋，只要你學會社交，問題不就解決了？你就是因為一～直窩在這裡，才會煩惱這種小事！」

美祿從上到下打量了一下阿波羅，下定決心點了點頭，雙手抱胸高高在上地說：

「我知道怎麼做了。任何大公司……就算是的場重工高層我也幫你介紹。可是！你首先要換掉那身呆板的實驗服，改掉駝背的壞習慣，其他要做的事情還有很多……我會好好鍛鍊你的社交手腕。」

「我、我的社交手腕？……不可能啦……」

「你不是已經化不可能為可能了嗎？別擔心！我會陪著你的，而且你本身就是個創造奇蹟的大發明家啊！」美祿說到這裡，偏頭思索了一下。「對了，我得幫你做名片。你的粒子叫做什麼名字？」

「名、名字……還沒取。」

阿波羅像是成了一隻聽話的狗，抬頭望向梳著長髮的美祿。

「我今天早上才剛做出粒子，而且我很不會取名字……多米諾，妳幫我取好嗎？」

「那就叫『阿波羅粒子』吧。」

「咦咦咦？怎、怎麼用我的……」

「這很正常吧？任何東西都是用發現者的名字來命名的。」

美祿瞄了眼手錶，低聲說了句「糟糕」，喀喀踩著高跟鞋經過阿波羅身邊，快步走向門口。

「赤星，你明天放假吧？一起去買西裝吧。十點這裡見！」

「多……多米諾！」

美祿正要開門時，阿波羅叫住了他。

「……謝謝妳，多米諾。多虧……有妳在。」

「……」

美祿轉身走回阿波羅身邊，伸手環住他的脖子，用纖瘦的手臂緊抱住他。尖尖的紅髮刺得美祿臉頰有點痛，但他選擇忍耐。

「辛苦了……其他人看不起你，只有我一直看著你……如果你願意，我會一直陪在你身邊……」

美祿說完後停了三秒左右，忽然推開阿波羅，開門飛快衝了出去。自己的臉比想像中更火熱通紅，這副模樣似乎被阿波羅瞧見了，令他不太開心。

（……剛剛那是什麼？）

美祿穿破記憶的薄膜，緩緩醒來。他在白色的虛無中持續墜落，逐漸想起自己是誰。然而在那片虛無中，就連記憶也變得模糊，他只感覺到自己正和某個人共享意識，那種感覺如羽毛般輕柔包裹他的心。

（好溫暖……）

共享的感覺之中，有一股美祿熟知的情感。

那應該是「愛」……

得知控制自己的人也有這份情感，讓美祿莫名感到安心。

美祿繼續躍入白色虛無下的另一個記憶之膜。

「真是的，赤星，別只顧著吃！我今天來是要教你餐桌禮貌。」

「『禮貌』？」

「對！你做研究之餘，也該學學禮貌。你能答應我，不做不禮貌的事嗎？」

「唔、嗯……我答應妳，都聽妳的。」

「很好。首先，刀叉要由外往內……」

「喂！你要去哪裡？現在是朋友的婚禮耶！」

「研、研究室打電話來……我很擔心阿波羅粒子的狀況。」

「把電話掛了！聽好！除了新郎、新娘，還有新娘的爸爸，其他人都不能踩上紅毯！這是禮貌喔！」

「多米諾！妳看看這個粒子。我按照的場社長的要求做出來了。」

「……這是阿波羅粒子嗎？顏色像鐵鏽，還會動來動去……」

「因為我命令粒子自己『增殖』。當阿波羅粒子變成這種鏽色時，就會吞掉周圍所有東西，不斷增加。」

「吞掉、所有東西……？阿波羅，這太危險了！為什麼要做這種……！」

「請妳理解，多米諾。如果我和妳的研究不能受到的場社長、受到世人認可……阿波羅粒子就只能靜靜躺在試管裡，無法讓任何人受惠。這個鏽色的阿波羅粒子……是我們實現夢想的必要手段。」

「這、這戒指……是、是要送我的……？」

「那個……妳說過，求婚要由男方開口，這是『禮貌』……」

「阿波羅！」

「嗚哇！多米諾，大、大庭廣眾的，這樣『不禮貌』……！」

「笨蛋！我沒關係啦！」

美祿在墜落中看著這些走馬燈似的片段記憶。雖然越來越搞不清自己身在何處，但不知為何，他並未感到不安。他明白自己之所以不斷墜落，是因為有個人正引導著他。

躍入下一層記憶的薄膜前，美祿突然感覺到一陣心痛。他本能地知道這將是記憶漩渦的終點，便帶著決心跳進去。

「政變了！的場重工起兵叛亂了——！」

「快阻止那架鐵人！它想踩碎皇居！」

東京哀鴻遍野，美祿逆著人潮向前狂奔。

他好不容易來到自衛隊緊急架起的鐵絲網邊，冒著汗仰頭望向天空，戰鬥機接連對鐵人發射飛彈。那架全新的鐵人胸口印著的場重工的商標，揮動巨大手臂將飛彈掃落。

「住手——！不行，快點停止攻擊！」

「這個女的是怎樣？喂，這裡很危險！民眾快去避難！」

「那架最新型的鐵人搭載了阿波羅引擎！要是炸毀運轉中的引擎，鏽色阿波羅粒子就會散布到全日本！」

「妳在講什麼？喂！把這女人帶走。」

「拜託你們，停止攻擊！快找研究者過來！」

美祿被好幾個男人架住，放聲大喊。這時在他眼前——

無數飛彈劃破藍天，飛了過來。

能夠穿破堅硬裝甲的穿甲飛彈射入如大怪獸般失控的鐵人頭部、腹部，咚咚咚咚咚！引發連環大爆炸。

「皇居前的鐵人確定失去動靜！地面部隊前進，繼續殲滅餘黨……」

「啊啊、啊，怎、麼辦……」

鐵人手腳斷裂，逐漸燒毀坍塌。灰色粒子從它腹部一點一點冒出來，轉眼間就覆蓋住毀壞的鐵人軀體。

「……快逃……」

「小姐，妳在幹嘛？妳該走這裡！」

「不行，大家快逃……」

砰轟！

一陣強烈的衝擊波襲捲東京，掩蓋了所有聲音。

接著以鐵人為中心，引發了一場威力無窮的爆炸，使得阿波羅引擎中增生的土黃色阿波羅粒子呈甜甜圈狀擴散，不足一次呼吸的時間就將四周生物全部變成鏽色粉末。戰鬥機和戰車等軍武也瞬間化為鏽塊噴飛，冒出硝煙。

「啊、啊啊、啊啊啊！」

抓著美祿的男人全部化為鏽沙散落。美祿再三撈起那些沙子，睜著一雙流血的眼睛，抬頭看著僅僅0、1秒就毀滅的世界。

「……咳！」

美祿感覺到鮮血從肺中湧出，濡溼了自己的腿。他雖用意志力命令阿波羅粒子避開自己，仍承受不住持續吹來的鏽色強風。每當狂風捲起鏽蝕粒子，美祿就大口吐出鮮血，都市大樓也受到腐蝕，倒塌殆盡。

「多米諾——！」

「阿……波羅……」

他在毀滅性的鏽蝕風中，見到一個紅髮人影朝自己跑來。美祿用盡殘餘的神智，以那張染血的臉，對摯愛阿波羅露出微笑。

「原來、你沒事啊。太、好了……」

「啊啊……這不可能，怎麼會……多米諾……」

阿波羅抱住心跳漸弱的美祿不停顫抖。這場災難中唯一毫髮無傷的，似乎只有連在無意識下也能操控粒子的發明者——赤星阿波羅而已。

「原諒、我，阿波羅。我不該把你的技術……交給任何人。我明明知道，能隨意變成任何東西的夢幻粒子……要是落入惡人手中，總有一天、會變成這樣……」

「啊啊、別說了，多米諾……嗚、啊啊，妳流了這麼多血……！」

「鏽蝕風的源頭……就是以『增殖』為唯一使命的阿波羅粒子。已經沒人能阻止。全日本都會被吞噬……都是我的錯……」

「我不會讓這種事發生！」

阿波羅緊抱垂死的愛人，向鏽蝕風怒吼。

「我一定會從荒蕪中將妳拯救出來。就算要花幾十、幾百年！我也會讓世界倒轉回昨天的樣子！」

「……阿波羅……」

「所以……」

阿波羅和愛人四目相交，笨拙地笑了。

「……妳稍微睡一下，多米諾。我一定會去接妳……」

「……嗯，我等你。我會一直等你，阿波羅……」

美祿用盡全身最後一絲力氣，摟住阿波羅的頭，吻上他的唇。

長長一吻使他內心充滿了愛，忘卻將死的事實，連自己身體逐漸化作鏽蝕粉末的感覺也拋諸腦後。

啪！

「唔！嗯哇啊啊！」

一陣衝破棉花糖般的奇妙輕柔觸感傳來，美祿所有感官瞬間恢復。他趕緊護住身體，卻落在一片比想像中更柔軟的地板上，地板數度反彈他的身體，直到他開始想吐時才停止。

（……我、我在哪裡？）

那是個軟綿綿的夢幻白色空間，一眼望去廣闊得無邊無際。美祿想先站起身來卻發現地板過於柔軟，連走路都有困難。就在這時──

「登登登登──！」

「咦咦？」

「恭喜你！這裡是伺服器最深處嘍！」

一名美麗女子穿著適合她的白色實驗服，留著翩然的天藍色長髮，踩著高跟鞋「咚！」地落在美祿面前。

女子晃著長髮，將臉湊到驚呆的美祿眼前。她大剌剌地觀察完美祿的臉，滿意地點點頭。

「嗯──！超可愛！是型男！我的基因好強！」

「……妳是……多米諾！妳是我們的祖先？」

「辛苦了，美祿，伺服器停下來嘍。因為我們在管理室裡，所以伺服器跳出錯誤後就停住了。」

天藍色女子……貓柳多米諾說完，露出和美祿一樣的笑容。

「這麼一來『復原』作業就重置完成。你贏了，恭喜過關！」

「復原停止了……？太、太好了……！」

美祿在她面前大大鬆了口氣，隨即猛地抬起頭來。多米諾緊盯著他似的，那張與他一模一樣的臉就近在他眼前。

「我明白，你想回去幫畢斯可對吧？」

「……妳就這麼放我走？我們要把妳心愛的人……」

「唉呀哈哈……！抱歉，我沒想到事情會變成這樣，畢竟我死得那麼浪漫嘛。是阿波羅太愛鑽牛角尖了啦～」

「…………」

「阿波羅為了將2028年……正確來說，是為了將我復原，連自己的情感都不惜分割出去。但老實說，我並不希望他做這種事……怎麼能親手殺死自己的子孫呢？」

多米諾輕撫美祿的臉頰，眼眶泛淚微微一笑。

「我很高興阿波羅有這份心意，但我們如今不過是鬼魂罷了。要活出明天的是你們，對吧？」

「多米諾……」

「美祿，去幫畢斯可吧。請你們阻止阿波羅……拜託你了。」

美祿直視那張與自己相仿的臉，握住她的手嚴肅地點頭。美祿眼中有著熊熊燃燒的生命力，像在證明對多米諾而言空白的歲月裡，人類是如何堅強、不屈、精采地活過來。

「……好！我把所有力量託付給你，美祿。」

「妳的力量？」

「替我轉告畢斯可。我一直看著你們，愛著你們……」

美祿感覺到相繫的手中有一股從未感受過的力量洪流湧了過來。多米諾全身如極光般閃耀，那化身彩虹之光的身體溫柔地抱住美祿。

18

「你引以為傲的速度也變慢不少嘛。」

黑暗中亮起的紅眼挑釁地說。

「就算是百般鍛煉的武藝、弓術，被人這樣一複製，也就失去了意義……體能上的鑽研，在文明面前都無足輕重。」

畢斯可狠狠瞪著那道紅光，正想開口回應，口中卻「咳！」地溢出鮮血。帶有食鏽光芒的血中混著黑色的螺絲釘等廢鐵。

畢斯可如今身體已有六成被都市侵蝕。他抖動肩膀大口喘氣。阿波羅的都市攻擊最終還是超越了食鏽的菌力，使他全身上下的太陽光輝逐漸減弱。

「不要一直閃箭，畢斯可。這樣你會更痛苦。」

「哼！我才想勸你閃一下，我的箭全都刺在你身上了。」

「我沒必要閃……！因為你的孢子已經完全失去效力了！」

「我知道啊，所以我才叫你放馬過來。你既然那麼想跟人聊天，我就讓你身上開出女僕咖啡廳如何？」

「混、帳……！」

儘管已經性命垂危，畢斯可仍不改譏諷口吻，翡翠雙眸中的光芒也從未衰退。

『喔喔，喔喔喔，喔喔——』

『消滅，消滅畢斯可，消滅。』

阿波羅體表蠢動的那些２０２８年的聲音受制於恐懼和憎恨，只顧著緊盯面前的畢斯可，忽略了伺服器本體。

（可惡，現在該先處理伺服器才對！）

阿波羅在自我意識和怨靈意識的狹縫間掙扎，畢斯可沒有看漏這個可乘之機。他從箭筒中抽出一支太陽之箭，沒架在弓上，而是直接——

咚滋！

刺進自己的心臟。

「什麼？你在做什麼？」

「嗚嗚嗚嗚啊啊啊！」

阿波羅正感錯愕，畢斯可的身體便開始「啵咕、啵咕！」開出太陽蕈菇，一一消除覆蓋在他體表的都市。

畢斯可決定背水一戰，以自己的性命為代價使食鏽之力增至極限。

（還有4秒……3……）

「不會讓你得逞——！」

阿波羅發現畢斯可的企圖，怨靈迅速聚集至那把漆黑大弓上，將其染為更不祥的黑色，彷彿要吞噬一切。畢斯可跳起來瞄準阿波羅，阿波羅也將弦「嘰嘰嘰」拉緊，鎖定畢斯可。

（2……1……！）

「去死吧，畢斯可——！」

「看招——！」

砰轟、咻砰！

兩支箭在同一瞬間發出撕裂整座空間的轟響。箭的速度超乎肉眼能及，兩人之間只顯現出橙色和漆黑的軌跡。

「真、可怕……」

啵咕、啵咕！

阿波羅雖有孢子抗體的保護，然而此刻無數太陽蕈菇卻撐破他的身體綻放。

透明玻璃牆外的東京街頭也像和阿波羅連動般開出巨大食鏞。啵咕、啵咕！每當阿波羅的身體被食鏞撐破，夜晚的東京也綻放出食鏞。

紅色雙眸扭曲變形，漆黑大弓也從阿波羅手中滑落。

「你真可怕，畢斯可。要是我的計畫，再晚三年實行……」

食鏞又在阿波羅身上開了兩朵、三朵後……

卻停了下來。

「我就會輸給你。」

砰轟！

阿波羅看著一座巨大都市，衝破畢斯可的背部綻放。

砰、砰、砰、砰！

巨大都市群蹂躪著畢斯可的身體，使他向四面八方彈跳。畢斯可本來想用最後一絲力氣搭箭，他的手腕卻「砰！」地開出大樓，使那支箭被彈得遠遠的。

畢斯可像個斷了線的傀儡倒臥在地，勉強維持著帶血的喘息。

「…………」

阿波羅費了番工夫摘下自己身上的食鏞，走向在死亡邊緣徘徊的畢斯可。可能因為畢斯可生命力強大，都市持續以驚人之勢生長，穿破他的身體。

「……很痛苦吧，畢斯可？夠了，別再爬起來……」

翡翠雙眸眨了幾下，但他已喪失視力，無法看見阿波羅。儘管如此，在這超乎想像的痛苦中，畢斯可的表情卻單純得令人驚訝，恢復成一張專心致志的少年臉龐。

「」

畢斯可說了句話。他想起身，膝蓋卻跪了下來，胸膛亦被大樓撐破流出大量鮮血。然而他仍伸手用指甲摳著地板。

「」

遭受都市侵蝕的聲帶已無法將畢斯可的想法化作聲音。阿波羅按捺住心頭浮現的強烈空虛感，以手掌積蓄粒子。

「……再見了……赤星、畢斯可……」

阿波羅正要將靜靜累積出的藍色粒子射向畢斯可……在那瞬間。

「住手——————！」

霍！

「？嗚喔喔！」

粉紅色光波一閃，襲向阿波羅的背。阿波羅連忙扭轉身體，將攻擊他的人踢飛出去。

「呀、啊啊啊！」

粉紅色辮子晃了晃，小小身子摔在地上。

「咳、咳！」她邊猛咳嗽邊站起身來，手上拿著被美祿的真言大鐘截斷的阿波羅手臂，冒出淡淡的粉紅色粒子。

「是霍普的殘力吧。」阿波羅不耐煩地看著滋露說：「這根本不干妳的事。妳不是在旁邊躲得好好的，為什麼跑出來？」

「哈，真的，我也想問為什麼。」

滋露儘管冒著冷汗，仍睜大金眸瞪著阿波羅。

「離赤星遠點。我身上還留有霍普的力量，可以將你分解。」

「畢斯可就要死了。妳若想救他就不要阻止我。他現在正處於極度痛苦之中。」

「可是他還活著啊！」

滋露的吶喊使附在阿波羅身上的怨靈微微躁動。

「赤星無論身處懸崖……或是從懸崖摔落谷底，甚至摔落地獄底層，都會像太陽一樣再度爬起！像你這種人，沒有資格決定他的生死！」

「那妳現在就把他叫醒啊，講什麼鬼話。」

「就叫你住手了——！」

阿波羅再度朝畢斯可伸手，並將撲向自己的滋露再度踹向後方。

「……」

他看著粉紅頭髮的女孩摔落在地後，再度將手伸向畢斯可，然而——

連武器都失去的滋露，卻「啪！」地抓住他的腳。

阿波羅腳跟一甩，撞上滋露的鼻梁。她噴飛出去滾落在地，但仍像貓一樣迅速起身，再次抓住阿波羅的腳，終於將他整個人拉倒。

「什……什麼，妳到底想幹嘛！」

「哈——哈——哈——……」

滋露臉上滿是鼻血，被阿波羅踹傷的內臟使她口中湧出鮮血。但她的金眸仍像畢斯可一樣閃閃發亮，燃著不屈的火焰。

「我是『人類』！像你這種拋棄人類的傢伙，我一點也不想受你擺布！」

「去死……！」

阿波羅的手掌轉而伸向滋露，藍色粒子亮了起來，這時——

『喔喔喔喔——喔喔、喔喔喔——』

空中的伺服器突然脹得極大，不停扭曲變形。那道強烈的綠光映照出阿波羅錯愕的臉。

「怎、怎麼？發生什麼事了？」

「……咿嘻嘻嘻嘻……我贏了，白痴～」

「？」

滋露的金眸狡猾地瞇起來，就像平常冒出鬼點子時那樣。

「霍普剛才告訴我，美祿再花三十秒就能阻止那東西。」

「混帳！妳從一開始就算好了！」

「看來連古代人……也會因為我是個小女生，就掉以輕心呢。」

『喔喔喔喔啊啊喔啊喔啊喔啊喔啊喔！』

伺服器的哀號越來越大聲，撼動整座空間。接著伺服器中央便形成圓洞狀的空間，將一名全身泛著祖母綠光輝的少年彈出來。

「趕上了！美祿！」

「王八蛋——！」

「你在看哪裡？水母是會刺人的喔——！」

阿波羅正想瞄準美祿時，滋露拿出預先藏好的食鏽箭刺進他側腹。啵咕！發芽的衝擊使阿波羅準心偏移，射中天花板。

「**發射・生命製造者**——！」

美祿在空中唸出咒語後，極光便匯集在他手中，形成一組彩虹色的弓箭。他將弓拉滿，射了出去。

強光充滿整座空間使在場眾人頭暈目眩，也掩蓋了所有聲音……現場只剩白茫茫的一片。

19

（生命製造者這個程式，能將２０２８年的生命復原至現代。）
（它能將都市製造者生產出的都市之力轉化成生命。）
（我把它交給你。）
（美祿，我想你應該明白。）
（該將這支箭射向誰……）

「呼！」
不知過了一瞬間，還是數分鐘。失去意識的阿波羅忽然找回感覺，「呼、呼」大口喘氣。他摸了摸身體，那具被黑影覆蓋的身體毫髮無傷，只看見全身綠光的少年抱著滋露，站在他面前。
『射偏了，他的箭射偏了。』
『消滅他，阿波羅，連他一起消滅。』
「……你以為阻止了伺服器的復原作業，就算贏了嗎？」
阿波羅緩下呼吸，以威脅的口吻對美祿說：

「蠢貨，那根本不算什麼，我只要重新啟動伺服器就好。你們為這種蠢事賭上性命……我贏定了。唯一能與我對抗的男人，畢斯可已經死了。」

「畢斯可死了？」

「你自己看！他就在那裡，化作一團都市……」

阿波羅睜大紅眼，正想指向畢斯可的屍體——

卻倒抽一口氣，當場愣住。

「……沒有。他不見了……？怎麼可能？那團都市消失無蹤……去哪了？你把他的屍體藏哪去了！」

「我的箭並沒有射偏。」

阿波羅連忙環顧四周，美祿冷靜的聲音刺進他耳裡。熊貓胎記圍繞的藍色瞳眸直視阿波羅的紅眸，如寶石般閃耀。

「我剛剛已將世上最強的箭，朝你射出……」

美祿緩緩抬起頭，看向透明的球形天花板。阿波羅順著他的視線往上看，月光下有個都市集合體從空中某一點冒了出來。

「那……那、是、什麼……？」

啪嘰、啪嘰、啪嘰！

盛開在空中的都市集合體開始變形，打斷阿波羅的話。石英結晶般凸出的都市大樓發出轟響，向內收縮，轉眼間就縮回中心點。

「都市製造者……被吞噬了？怎麼可能，你、你射出的難道是……！」

「她……要我們阻止你。」

天花板的都市團颳起一陣風，吹動美祿的頭髮。

「她還要我告訴你，她愛你。」

美祿靜靜低語。他眼中的光芒在阿波羅遺失的心底注入一滴水……進而掀起漣漪。

「……多、米諾……妳在嗎？」

『喔喔喔喔喔嗚喔嗚喔嗚嗚喔喔！』

「嗚、唔、嗚、啊啊啊啊——！」

眼見阿波羅即將找回自己的心，附在他身上的怨靈們無法容忍他的猶豫。怨靈不只停在他體表，更滲入他的耳朵、嘴巴，連他的聲帶也完全占為己有。

『不能！讓猴子為所欲為——！』

「一定會信守承諾的，多米諾。我和……」

阿波羅化作黑色野獸跳向天花板，手中瞬間變出一把粒子大槌，狠狠舉向收縮的都市團。

「我和畢斯可都是。」

砰隆！

都市團以驚人之勢迎擊撲來的阿波羅，將他的身體像球一樣彈飛。阿波羅隨即摔落地板，他上方的都市塊露出一雙翡翠色眼睛……將都市製造者的所有力量吸收至體內。

『嗚……喔啊……！』

阿波羅爬了起來，驚訝地睜大眼睛。在他對面——

一道人影發出亮晃晃的極光浮在空中，背後光芒四射，啪地折斷脖子上長出的最後一根都市大樓。他全身湧出七彩的孢子，長長的頭髮有如極光，不停變換色彩。

七彩發光體折下都市大樓後送進嘴巴，啪嘰咬碎吞進肚子裡，打了個嗝。

「……這身體是怎麼回事？美祿！你不要動不動就把我變成怪物！」

「畢斯可，你好厲害！不只像神，你就是神！」

『那是、畢斯可？』

阿波羅驚訝得全身躁動，但腦中忽然靈光一現。

『對了，是生命製造者做的！那我只要殺了管理者就好！』

阿波羅隨即蹬地，撲向佇足的美祿。這時一道彩虹色的流星朝阿波羅的背使出宛若閃電的踢擊，使他狠狠摔在地上。

『嘎哈……畢斯可，你這混帳……』

「我清醒了。休想敗部復活，阿波羅！」

畢斯可露出亮白的犬齒，閃動身體，使出拿手的迴旋踢。他的腳畫出一條半月形的軌道，形成美麗的彩虹，彩虹刀身深深刺進阿波羅的側腹。

『嘎哈！』

阿波羅以強勁力道噴飛出去撞上透明牆壁，使之出現裂痕。彩虹色少年看見這一幕後輕輕落地。他不耐煩地撥著長了一倍的頭髮，眼前飛舞的彩虹粉末令他微微皺眉。

「這亮晶晶是啥？什麼鬼，全都這麼花俏！」

「這是……食鏽吞掉都市後，進化成的孢子喔。這種彩虹色的蕈菇還沒有名字，你幫它取個名字吧。」

「名字？」

畢斯可摘下一朵自己身上啵啵冒出的蕈菇，認真端詳那閃亮的蕈傘。

「叫七色吧。」

「因為有七種顏色？」

「嗯。」

『喔喔喔喔——　站起來　不可以這樣　站起來　阿波羅——————！』

畢斯可身後的伺服器發出尖叫，化作一道急流，匯聚在阿波羅身上。阿波羅已然成為破壞與怨念的集合體，彷彿傀儡般緩緩站起，手中再次浮現打倒畢斯可的那把漆黑大弓。

「畢斯可，你是被那個打倒的？」

「對啊，你在裡面有看到喔？」

「沒有。但你被擊中時，我也很痛。」

「真詩意，明明只是隻熊貓。」

「是這裡吧？鎖骨附近。你看，還有痕跡。」

「啥？……哇咧——！嚇死人！」

『畢斯可————！』

畢斯可還在和美祿閒聊，連弓都沒拿，不祥的漆黑大弓便朝他射出一支黑色粗箭。畢斯可轉向那支劃破空氣、逼近眼前的箭，深吸一口氣脹滿胸腔。

「喝！」

他發出一聲咆哮，使整個空間微微顫動。

僅僅一聲……畢斯可只吼了一聲，原本能夠用都市破壞一切的漆黑箭矢，當場就「砰！」地破裂，噴飛四散。黑箭碎片掉落在地發出彩虹色光芒，而後「啵」地開出彩虹色的蕈菇。

『嗚喔、喔、啊啊……？』

阿波羅無法理解眼前發生的事，自己卯足全力射出的都市製造者箭矢竟被畢斯可的聲音吼碎。畢斯可見對方有機可乘，便踢裂地板高高跳起，瞄準顫抖的阿波羅。

「畢斯可！弓呢？」

「不需要！」

畢斯可跳向空中，畫出彩虹。他拔下自己變長的毛髮，毛髮瞬間變成一支彩虹箭。接著他又將箭架在空手上，孢子隨即顯現，在他手中化為彩虹弓。

「好厲害……！」

美祿身為畢斯可的搭檔，至今每每都將他那耀眼的心志視為神的化身。然而畢斯可現在這個樣子，任誰看了都會認為他真的是神。他將彩虹化作武器，掃蕩冥府爬回來的大量怨靈。他正是極光之神，蕈菇之神。

「阿波羅，生命不分先後，也沒有正義或邪惡。」

『嗚嗚喔喔喔！』

「如果有唯一真確的事——」

阿波羅跟著畢斯可一起跳起來，他的大弓正面瞄準畢斯可。在這靜止的空間中，畢斯可與阿波羅的視線再度交會。

「那就是……我會打倒你。」

『滾出屬於我們的時間，畢斯可——！』

先放箭的是阿波羅。砰轟！宛如長槍的黑暗之箭在那陣重低音下射出，企圖貫穿閃亮的彩虹色身體。

「只有這點是真的，阿波羅……」

畢斯可眼中亮起平時那種貫穿一切的意志，又閃耀著包容一切的慈愛。他緩緩吐氣後，鬆開拉住彩虹箭的手指。

啵、啵、啵、啵啵啵、啵啵啵啵啵啵！

放箭那瞬間，畢斯可的彩虹箭化作一道光，貫穿黑箭和阿波羅後便消散在空氣中。繼光束之後，空無一物的空中長出無數彩虹色蕈菇，聚集在黑色粗箭上，使之瞬間分解為彩虹粉末。

『怎、怎麼會，怎麼會這樣，嗚哇啊！』

『不要，會被消滅，我們會被消滅！』

阿波羅身上的怨靈被眼前景象震懾，四處跳來跳去，想要躲過不停綻放的那條彩虹蕈菇蛇。

畢斯可則咚地降落地面，落地衝擊下開出的蕈菇使他腳步有些踉蹌，但他仍望著化作粉末散去的彩虹弓，拍了拍手中碎屑。

「我變得更不像人了。我的人生發展怎麼總是和自己想的相反呢？」

「畢斯可！現在不是說這個的時候，阿波羅要逃走了！」

「他逃不了的。我已經射穿他，他們全死了。」

「你已經射穿他……？」

「只是箭飛得太快，結果還沒顯現出來而已。」

啵啵啵啵啵啵啵！彩虹蕈菇以更猛的攻勢追著阿波羅持續綻放。阿波羅將大弓變成厚厚的防護牆，想要擋下蕈菇。

「唔嗚嗚嗚喔啊啊啊啊！」

阿波羅腳跟踩破地板，用防護牆擋住彩虹蛇的攻勢，使它在緊要關頭停了下來。

「哈、哈、哈！成功了！停下來了、停……」

啵咕！

「……嗚哇啊啊啊——！」

一朵彩虹蕈菇，從阿波羅展開防護牆的手腕上綻放。接著「啵啵啵啵！」蕈菇以迅雷之勢開遍阿波羅全身，將那染黑的軀體變為彩虹色。

『呀啊啊啊啊——　啊喔啊　啊啊嘎啊啊！』

『唔喔——　唔　唔嗚嗚嗚！』

２０２８年發出刺耳的哀號。這些人死後仍化作資料混在一起，成為連自己與他人都分不清楚的魑魅魍魎。而這，就是他們死前的吶喊。

『快逃。快逃，快逃。』

『拋棄。拋棄這具肉體，快逃。』

「……不准逃，你們這些沒用的傢伙！」

怨靈們害怕被蕈菇分解，爭先恐後想從阿波羅身上逃離。阿波羅抱住自己的身體，不讓它們逃走。

阿波羅依舊睜大紅眸直直盯著畢斯可，但他的目光中……已經沒有輕蔑和厭惡，反而透露出一股驚訝與敬愛交織的情緒。

「畢斯可他們……戰勝……我們了！畢斯可創造出這種彩虹粒子……遠遠超越阿波羅粒子，是新人類進化的祕方。」

『呀啊——！你、瘋了嗎，阿波羅——』

「他們！證明了他們就是我們的未來！所以我們必須接受自己已成過去。這才是文明人應有的『禮貌』！」

『殺了他，殺了這傢伙。殺了阿波羅——！』

（霍普，雷吉、喬伊……原諒我……）

就在那群漆黑的怨靈正想侵蝕宿主阿波羅的身體，使他化為塵埃時——

「哇！」

畢斯可發出一聲咆哮，使空氣微微顫動，將聚集在阿波羅身上的怨靈一次吹飛。那些黑色粒子失去載體飄浮在空中，彩虹粉末亦在咆哮下飛舞。黑色粒子被彩虹粉末包覆，發出「呀啊！」「哇啊！」的細碎慘叫，變成蕈菇掉落在地。

另一方面，阿波羅身上的彩虹蕈菇也在咆哮下恢復為閃亮粉末，原處只剩一名紅髮白皮膚的青年跌坐在地。

「……」

畢斯可大剌剌走到沉默的阿波羅面前，蹲下來仔細端詳完他的臉後，轉頭望向身後的搭檔。

「仔細一看，這人長得真軟弱。他真的是我的祖先嗎？」

「嗯，你們血緣滿遠的……但我覺得他跟你長得很像呢。」

阿波羅瞇起眼睛看著兩名少年，深深嘆了口氣。他感覺到自己由阿波羅粒子構成的身體正被畢斯可的彩虹粒子分解。那對紅眸看著自己從指尖開始，一點一點化為藍色粉末。

「我不由分說地……想要消滅身為子孫的你們……」

「嗯嗯？」

「你們真的願意，讓我這麼幸福地消逝嗎？我不是應該在絕望和後悔中……痛苦死去嗎？我怎麼能擅自在你們身上看見希望，含笑而終……」

「說得也是，好～做好覺悟吧……美祿，給我癢菇毒。」

「阿波羅！」

美祿無視搭檔，摟住蜷縮的阿波羅，用力緊抱那瘦弱的身體。他在訝異的阿波羅耳邊閉上眼睛，溫柔細語。

「看看畢斯可和美祿，他們打倒了你。我們的血脈如此堅強……而勇敢地活了過來。時間並沒有扭曲。」

「多、米諾……我……」

「沒關係，我很高興……不管是畢斯可，還是你，大家都盡力了……所以我們回去吧，阿波羅。我們倆一起……」

「……好，多米諾……」

美祿靜靜地離開阿波羅，但綠色粉末仍保留著美祿的形狀留在原處，化作一名閃閃發亮的美麗女子。而後，阿波羅和多米諾便倒在對方懷中逐漸消散，變成彩虹粒子飄向空中。

美祿看完這一幕，悄悄收起心中湧現的複雜情緒，回頭望向身後的搭檔。彩虹蕈菇之神的心情和美祿迴異，滿臉不悅地環抱雙臂。

「嘖，你人太好了。我被他整得很慘耶，該讓他嘗點苦頭才對。」

「不能趕盡殺絕，這是『禮貌』。」

「喂，你該不會愛上這套了吧！」

「阿波羅死後，東京不知道會變怎樣。還是趕緊帶著滋露……」

美祿話還沒說完，建築物就「轟轟轟轟轟」劇烈搖晃，使兩人失去平衡。

與此同時——

『喔喔喔喔喔，喔喔喔喔，喔喔喔喔喔！』

伺服器原已完全停止，美麗的綠色卻忽然染為黑色，浮現出無數顆人頭。

『喔喔喔啊啊啊，不要，不要。』

『**「裝置損壞　備份資料即將轉移至其他裝置」**』

『快逃，快逃。去空中，逃去空中。』

「怎麼回事？那玩意兒不是停了嗎？」

「是停了沒錯！怎麼會在無人操縱的情況下動起來？」

『不要——————！』

伺服器旋轉著巨大身軀迅速衝上空間頂部，撞破天花板一路飛向高空。

「混蛋！」

畢斯可朝著奔向夜空的伺服器射出彩虹箭。箭矢準確命中伺服器開出彩虹蕈菇，但伺服器卻從身上分割出許多怨靈，不顧那些哀怨的聲音繼續飛向高空。

「那玩意兒想做什麼？」

「……糟了，原來如此！它想飛去衛星那裡！」

「衛星？」

「全日本都能收看的衛星電視，它的訊號就來自東京正上方的衛星。要是伺服器依附在衛星上，使衛星墜落日本……」美祿額頭冒著冷汗，循著霍普留在他腦中的記憶，開口說道：「這樣一來，日本就會完全被都市覆蓋！我們得想辦法阻止伺服器！」

「意思是要飛去太空破壞掉衛星，再飛回來？講什麼天方夜譚！」

「你明明覺得自己辦得到。」

「嘖！」

畢斯可閉上眼睛，深深吸了口氣，彩虹孢子便聚集起來，包裹住他和抱著滋露的美祿。畢斯可和搭檔對上眼後點了點頭，從天花板的洞跳向夜空，居高臨下瞄準大都市東京。

「**發射．生命製造者！**」

美祿的咒語操縱著彩虹粉末，在畢斯可手中形成大型弓。畢斯可拔下一把自己飄在風中的頭髮，將之架在大弓上，整束一共十支箭便閃耀在夜空。

「喝——啊——！」

那十支箭在畢斯可的咆哮下射出。每支箭都劃出一道極光軌跡，閃閃發光，分別刺向東京各處。

砰、砰！

彩虹箭以遠遠超越太陽食鏽的威力，像要吞噬東京般猛烈發芽，連周邊沙漠都染上一層七彩光輝。

「……好美……」

美祿摟著搭檔的脖子，在虹光照耀下靜靜低語。

「可惜滋露昏倒了。要不要把她叫起來？」

「讓她睡吧，她不懂得欣賞美景。」

畢斯可說完，確定東京開滿彩虹蕈菇之後，便瞄準自己正下方，使盡全力將弓拉滿。

「喂！別後悔喔！三秒之後我們說不定會化為灰燼！」

「我不後悔！無論什麼時候死，只要和你在一起我就不怕！」

「上、吧——！」

咻！畢斯可的箭以光速飛行。數秒後，彩虹蕈菇「轟！」地冒出，威力是杏鮑菇的好幾倍。

孢子防護罩中的三人被彩虹蕈菇彈向高空，順勢突破雲層，飛往眾星閃耀的外太空。

20

一個溫暖的東西緊緊抱住少女，搖晃她的身體。

她的雙眸逐漸恢復明亮，迷迷糊糊地倒在那東西懷裡，卻聽見……

「艾姆莉、艾姆莉——！拜託妳醒醒！」

「……母親、大人？」

「……艾姆莉！」

拉斯肯妮熱淚盈眶的臉出現在艾姆莉眼前。艾姆莉為了讓母親安心而露出微笑，輕撫她臉頰……

「……！我得去指揮僧兵！母親大人，大茶釜僧正呢？」

「不需要了，艾姆莉。戰爭已經結束，妳做得很好。」

「戰爭……結束了……？」

拉斯肯妮的溫柔視線引領艾姆莉走出帳篷。月光灑落在沙漠上，一同作戰的眾多僧侶全都佇足原地，朝著東京的方向潛心祈禱。

「……那座……森林是……」

東京爆炸中心洞原本巍然聳立著一座巨大都市……

如今卻有一片彩虹色的蕈菇森林覆蓋整座都市，熠熠變換色彩照亮沙漠。彩虹將夜晚照得燦爛奪目，撫慰疲憊受傷的人，像要將所有人包覆似的微微晃動。

「艾姆莉僧正醒過來了——！」

「活下來了！艾姆莉僧正活下來了！」

在大嗓門坎德里的呼喊下，僧侶們不分教派一同湧來，將瘦小的艾姆莉往空中拋了幾下。艾姆莉完全搞不清楚狀況，嚇得目瞪口呆。

「窩們贏了，艾姆莉。可以放鬆啦！」

「贏了……」

艾姆莉仍持續被往上拋，她身旁有個和她一樣忽上忽下的人，正是毛茸茸的大茶釜僧正。他在空中呈舒適躺姿，對艾姆莉這麼喊道。

「請問敵軍去哪兒了？而且我……對了，我的身體！」

艾姆莉回想起自己為了保護部下而衝到前方，全身被光彈擊中，當時的痛楚清晰浮現。

「我全身被都市侵蝕，本來只能等死。為什麼……」

「尼看看天空。」

毛茸茸的手指向夜空，艾姆莉一臉疑惑地望去，只見空中降下大量亮粉，緩緩變換著顏色。粉末宛如白雪般籠罩整片沙漠，放出柔和的光芒融化在沙子裡。

「這是……孢子嗎……？」

「是一種還未命名的新型孢子，可以將鏽蝕轉換為生命力。」大茶釜僧正輕輕跳起，唸了句真言，用彩虹孢子畫出一朵蕈菇，僧侶們看見後一同歡呼。「這種孢子使那些機器人融化消失……所有人身上的都市也都不見了。」

「……彩虹、孢子……」

毛茸茸僧正的魔術奪走了僧侶們的注意力，艾姆莉趁機跳回沙地上，眺望那片泛著極光的蕈菇森林。

「……畢斯可哥哥他、贏了呢……」

強烈的感動令她顫抖起來，這時一隻漂亮的大手落在她肩上。艾姆莉抬頭望向微笑的拉斯肯妮，摟住對方的手臂，用那微顫的眼眸繼續望著彩虹森林。

這時——

她看見一個小小的球狀物劃出彩虹色軌跡，高高飛向夜空。那物體在月光映照下更顯耀眼，從遠方雖然看不太出來，但應該正以飛快的速度衝向高空。

「喂！那是什麼？」

「好神聖哪！」

在僧侶們的驚嘆聲中，唯有艾姆莉知道那是什麼。

（畢斯可哥哥、美祿哥哥……）

艾姆莉短暫地垂下眼瞼，然後靜靜跪下，在虹光普照的沙地上潛心祈禱。

拉斯肯妮守在她身旁，也跪下祈禱。

對面的大茶釜大僧正也是。

還有他身後的坎德里……

僧侶們將勝利的喜悅轉化為祈禱之情，每個人都當場跪下。

這場祈禱沒有禱詞，連祈禱的對象都沒有。

只奉獻著心……

僧侶們將自己純粹的心奉獻給彩虹，一心希望彩虹能迎向美好而安穩的未來……他們只專注地想著這件事。

超越音速的彩虹球體衝破熱牆，散發著焦味突破平流層，終於擺脫重力的束縛，到達全黑的外太空。

「那個衛星在哪？」

畢斯可的彩虹頭髮閃閃發亮，他一轉頭，卻看見搭檔摀著嘴掙扎的模樣。

「喂，你還開什麼玩笑！日本快滅亡了耶！」

（我！不能！呼吸了！）

「不能呼吸了？啊，對喔……這裡是太空嘛……」

畢斯可點點頭，朝手掌吹了口氣，該處便冒出彩虹蕈菇。畢斯可拔下蕈菇塞進搭檔和滋露嘴裡，兩人才有辦法呼吸。

「吸一口，這樣好像就能呼吸了。」

「……呼、呼！好危險！我差點先走一步！」

美祿為沉睡的滋露檢查心跳，保險起見還幫她做了人工呼吸（這種彩虹孢子似乎會產生空氣），終於冷靜下來。

「我們是被蕈菇彈來的，可能偏離了軌道！附近有沒有一台大型機器？」

「那個嗎？」

「……對，就是那個！……嗚哇、糟糕，它已經進到大氣層了！」

「破壞掉它就行了吧？」

畢斯可拔了幾根頭髮，背著他們的行進方向射出那束彩虹箭。彩虹箭成為推進劑，在黑暗的宇宙中開出無數彩虹蕈菇，畢斯可等人因而得以像支箭般往反方向直直飛去，貼上持續墜落的巨大衛星。

『喔喔喔喔嗚喔嗚喔喔喔——！』

被火焰包覆的衛星哀號不已。

巨大衛星的表層附著著厚厚一層怨靈，已然變成一具機械生命。它們為了排除這個小小的彩虹球，憑著一股憤怒與恐慌交織的意識朝畢斯可等人所在的球體聚了過來。

怨靈們毫無縫隙地滿布在彩虹色防護罩上，蠢動著向內加壓，想要一次把他們壓扁。

「還好滋露昏倒了，不然她看到這景象一定會嚇到昏倒！」

「美祿，孢子用於攻擊後，防護罩就沒辦法維持了。你能接手嗎？」

「交給我吧！**發射．生命製造者！**」

美祿接手防禦，畢斯可則拔下一把頭髮做成長槍般的箭，架在彩虹大弓上近距離射出。彩虹粗箭突破了附著在衛星上的裝甲，刺進衛星表層。

畢斯可緊握刺進衛星的那支粗箭，咬牙注入全身的力氣。流淌在他血液中的彩虹孢子在宿主的意念下接連流入箭中，噴濺出彩虹火花。

「嗚嗚嗚嗚喔喔喔喔啦啊啊——！」

衛星像是呼應咆哮似的，各處都「咚、咚！」長出彩虹蕈菇。

『住手，住手，住手——』

「我有哪次會說『好，我知道了』就乖乖住手？誰會聽你們的！」

『你們知道自己在做什麼嗎？我們是無罪、無辜的生命！和你們不同，是本該存在的生命！你知道消滅我們，意味著什麼嗎——！』

「美祿，弄壞它會怎樣？」

「日本就看不到衛星電視了。」

「衛星電視？」

「第6台，每次都在播同一部動畫的那一台。」

「那個貓跟老鼠的動畫嗎？……這樣啊，我開始有點罪惡感了。」

『唔喔喔喔喔嘎喔唔喔！』

啵咕、啵咕、啵咕、啵咕！

彩虹蕈菇威力漸增，2028年也瘋狂發動攻擊，使美祿開展出的球狀防護罩出現裂痕。而且快速通過大氣層產生的熱度也已快將少年們烤焦。

「畢斯可！快撐不住了！」

「……好！」

畢斯可感覺到菌絲已布滿整枚衛星，因而露齒一笑，舉起自己的右臂用力砸向衛星，使拳頭深深陷入裝甲內部。

砰！

畢斯可用左臂劈斷自己的右臂，抱著搭檔踹向衛星，跳入大氣層之中。

「給我去地府冷靜一下！」

他朝墜落的衛星伸出左臂，手上冒出耀眼的彩虹弓。美祿伸出右手取代他失去的手臂，握住畢斯可交給他的彩虹箭。

「畢斯可！第6台會消失喔，你真的沒關係嗎？」

「太遲了！不要現在才問！」

「來嘍，３、２——」

「「１！」」

咻！破風聲響起，大氣層中瞬間出現一道直線彩虹，貫穿衛星中心。美祿和畢斯可的箭精準射中插在衛星裡的畢斯可右臂，將之當作引爆劑，以驚人之勢綻放。

啵咕！

彩虹蕈菇覆蓋了整顆衛星，附在上頭的２０２８年怨靈連聲慘叫都沒有就被衝散。它們四分五裂後在大氣層中化作塵埃，最後，那些自古以來的執念終於一點不剩地消失。

「喂，美祿！」

「怎麼了？」

「防護罩不用維持了啦！反正也沒用！」

「我知道！」

「你說什麼？」

「我知道，再一下下！」

兩人在大氣層中像流星般墜落，以不輸轟響的音量扯著嗓子對話。

畢斯可的彩虹色頭髮像在顯示他力氣已經耗盡般，逐漸恢復成紅色。

而畢斯可本人確實連抬起一根手指的力氣都沒有了。

在美祿用真言勉強變出的防護罩中，少年們呈頭下腳上的姿勢墜落。畢斯可用一種莫名豁達的心情面對死亡。

「世人一直把我們當作過街老鼠呢～～」

畢斯可一頭紅髮飛舞在空中，不悅地說。

「我們為什麼要為了拯救他們而死啊？太划不來了吧。」

「你是從結果來看才會這麼想！沒關係啦，我們一路上也認識了形形色色的人啊。而且你也擁有了獨一無二的寶物。」

「什麼寶物？」

「就是我啊！」

同樣飄動的藍髮下，美祿對畢斯可露出燦爛笑容。

「我們擁有連死都不能拆散的珍貴寶物。我們倆在這長長的旅途中一起找到了它！」

「……」

「畢斯可！」

美祿將滋露環在懷裡抱住畢斯可，對方額上的貓眼風鏡使他覺得礙事，他皺起眉頭，將風鏡扯下來扔了出去。

「啊啊、喂！」畢斯可忍不住出聲抗議，美祿沒理他，頭下腳上用力拉過畢斯可，「咚！」地貼上他的額頭。

「……」

「……」

「畢斯可。」

「……嗯嗯？」

「你額頭流了好多汗。」

「……」

「……」

「……噗。」

「呵呵。」

「噗嘻嘻嘻……」

「啊、哈哈哈！」

紅髮和天藍頭髮交融在一起，隨風飄動……

兩人額頭相抵，笑了出來。

情感使兩名少年緊緊相繫，彷彿同一個生物，在灼熱的靜謐中感受著彼此的溫度。

「美祿。」

「怎麼了？」

「我感覺到體內的食鏽孢子恢復了一點點。再加上你的，說不定……」

「還救得了一個人？」

「對。」

美祿望著畢斯可眼中的光芒點點頭，將滋露抱在兩人中間，一同觸碰她的身體。

美祿和畢斯可將力量注入沉睡的滋露體內，包覆三人的防護罩開始收縮，最後只包住滋露一人。燙得像要撕裂全身的熱風吹在兩人身上，使他們的皮膚漸漸焦黑。

美祿對畢斯可喊了些什麼，但被轟響蓋過，畢斯可沒能聽見。畢斯可只能閉上眼睛，想著自己燃燒殆盡的身體和回憶。

『畢斯可。』

『畢斯可。』

『畢斯可，快醒醒！』

「……嗯嗯？」

畢斯可原以為自己已被燒盡，恢復知覺那一刻，他驚訝地環顧四周。他還是一樣不斷下墜，身旁是同樣被黑炭嗆到咳嗽的搭檔，對方疑惑地仰望著他。

『兩位！太好了，趕上了……！』

少女像要引導墜落的兩人般出現在他們面前。她的四根辮子隨風搖擺，紅眸閃閃發亮，身上隱約浮現一層紅光。

「……霍普！」

『阿波羅和多米諾的餘燼讓我活過來了，一定是要我保護你們！』

霍普用雙手變出防護牆，保護三人免於大氣層的灼熱侵襲，在緊要關頭保住了他們的命。

「笨蛋！要來就早點來，我頭髮都燒焦了！」

「他救了我們一命，你少在那邊抱怨！」

『……好耀眼呢，畢斯可、美祿。』霍普瞇起紅眸，打從心底開心地看著兩人。『我好高興能和你們一起旅行。這送給你們，這是我最後的力量……』

霍普說完後靜靜閉上眼睛，從滋露額上化作紅色方塊飛了出來。方塊貼在畢斯可斷掉的右臂上，轉眼間就使畢斯可健壯的手臂重現。

「嗚喔！……我的手！」

畢斯可那條新右臂的肩膀上，有著霍普的閃亮印記。霍普的細語在驚訝的畢斯可耳中響起。

『你很快就會習慣的……我很榮幸成為你的手臂，畢斯可。』

「霍普，你呢？你會怎麼樣？」

『2028年和阿波羅都已消失，我自然也會消失……但沒有比這更幸福的死法了。因為我會成為……你們新希望的基石！』

「霍普！」

『從現在起，畢斯可、美祿！阻礙人類的過去之牆已然倒塌，你們面前只剩下尚未開發的未來，延續到永遠。明天……真正的明天，就從現在，從你們開始！』

21

極光照耀下的東京沙漠一片靜謐，連鏽蝕風都不再颳起。

鐵鼠從沙地裡鑽了出來，跳起來捕捉天上降下的彩虹孢子，抓到之後又往下一個孢子前進。

這時……

轟轟轟轟轟！

一陣撼動沙漠的聲響席捲而來，那些在玩彩虹孢子的可憐鐵鼠全都因為害怕而躲回沙子裡。

接著沙地上便有個巨大的八足生物迅速跑過，捲起沙塵。

「喲呵呵！怎麼這麼快啊！」

「賈維老爺！芥川到底要去哪裡？」

「不知道！芥川有牠自己想去的地方。牠還是第一次這麼不聽話呢！」

奔跑的巨型生物是一隻身上隨處亮著虹光的大螃蟹。牠的鞍上有蓄鬍的蕈菇守護者老爺爺拉著韁繩，還有貌美的女戰士，一頭黑髮飄在空中。

賈維和帕烏身上的無數傷口如今已然帶著虹光癒合，放出閃爍的餘光。

「……賈維老爺，您看那個！」

猛然奔跑的芥川身上，帕烏指著夜空的一角說道。

她眼前有顆閃耀在夜空中的橙色流星正劃破空氣朝地表墜落。

芥川興奮地開始加速，賈維連忙拉住韁繩。途中牠撞到一個大鐵塊在空中翻滾了一圈，隨即降落沙地。兩人被震得頭昏眼花，但芥川顧不上他們，再度全速狂奔。

「芥川在追那個東西嗎？那到底是什麼！」

「救、命啊～～～～～～！」

「「滋露！」」

上空有個熟悉的聲音發出慘叫，兩人驚訝地同時喊出聲來。

「滋露為啥會從天而降？不，等等，那個是……」

「美祿！是赤星和美祿！芥川是想接住他們！」

帕烏定睛一看，發現兩名蕈菇守護者雖然將滋露護在懷裡，卻安詳地閉著眼睛。滋露在兩人中間不斷掙扎，用盡全力放聲大喊。

「他們昏過去了！呀啊啊要掉下去了、要死了！我不想死——！」

「要掉到地面，來不及了！」

「看看這招如何！」

賈維神準的蕈菇箭，以絕妙的角度刺進芥川後方的沙地。啵咕！蕈菇斜向綻放，高高彈起芥川的身體。然而他們和墜落的三人之間還是有些微差距。

芥川不等賈維的韁繩控制，就用大螯夾起鞍上的兩人，旋轉了幾圈後使出拿手的龍捲風投法，將他們用力甩了出去。

「姑娘，接住畢斯可！」

「好！」

他們像要從側邊撞上那三人般飛過去，賈維接住美祿和滋露後，氣球菇降落傘從他腰際綻放。另一方面，帕烏的黑髮呈一直線，使出橄欖球選手般的擒抱動作抱住畢斯可的側腹。

「唔喔！」

沉睡的畢斯可受到無異於鐵棍毆打的重擊，錯愕而痛苦地睜大雙眼，接著便翻了白眼。帕烏將手中的鐵棍戳進地面，減緩衝擊，在沙地上滑行30m後才停止。

「赤星！我感受到你贏了！啊啊，還好你沒……」

帕烏將畢斯可放在沙地上，扶起他的上半身淚眼汪汪地說。然而她卻看見交換過誓言的伴侶翻著白眼，口吐白沫。

「……沒呼吸了！快醒來，赤星！……畢斯可，快點醒醒！」

帕烏毫不猶豫吻上畢斯可的唇，將空氣送進他的肺裡。女傑帕烏連做人工呼吸也使盡全力，畢斯可的肺接收了驚人肺活量送來的空氣，不禁發出哀號，主人也因而被喚醒。

「……唔！嗯嗯唔——！」

畢斯可的雙眼找回翡翠光芒，承受不住而拍了拍帕烏的肩膀，帕烏卻將他抱得更緊，像是希望他繼續昏迷一樣，懷著愛意絞緊他的身體。就某方面來說這可能是畢斯可今天最痛苦的遭遇，他的身體一陣痙攣，最後癱軟下來。

「抱歉打擾妳吃飯了！」她弟弟正被賈維抱著浮在空中，傻眼地對她說：「要是再做下去！妳就會變成寡婦喔！」

「呼，真沒禮貌，我這是在為他急救。」

帕烏幫畢斯可擦了擦她狠狠吻過的嘴唇，泰然自若地轉向弟弟。姊弟倆四目相接，露出柔和而充滿愛意的微笑。

「好痛啊，老夫手痠啦。」飄在風中的賈維這麼說完，便將美祿和滋露扔在沙地上，不理會身後傳來的「「唔呀！」」兩聲慘叫，扭了扭自己的脖子。

「唉唷喂呀，老夫又沒死成了。好不容易可以死得其所，想要就此長眠的……一醒來，卻發現傷口被奇怪的彩虹給堵上，芥川也完全好起來了。」

美祿抱住奔來的芥川，喜不自勝地笑道：

「芥川說牠才不想那樣死掉呢！」

「胡說什麼！十分鐘前的事，螃蟹早就忘光啦。」

「你們又沒差，你們有心理準備啊。我才是一醒來，就發現自己正從空中墜落好嗎！」滋露的粉紅色頭髮亂糟糟豎起，大聲吼道：「我跟你們不一樣，我想死在加大的床上！結果我的身體卻被奇怪的人操控，然後……」

「不過妳不是也拚了命來救我嗎？」

眾人聽見畢斯可的聲音一同轉頭。他在妻子的殷勤照料下活了過來，盤腿坐在沙地上對滋露說：

「我被都市侵蝕，癱倒在地時……妳像隻水母一樣纏住阿波羅，還滿臉是血。要是沒有妳，美祿到的時候就來不及了。」

「你、你那時候醒著嗎……！」

滋露的臉倏地變紅，畢斯可大步走向她，將一個溫暖的東西交到她手中。

「謝啦，滋露。我又欠妳一次……這個送妳。」

「咦……你要送我東西？……這是什麼？」

「這是我在太空中噴飛的手指。妳看，從某些角度會看到剖面有七彩的光。」

「我才不要——！超噁心的！」

畢斯可錯愕地看著自己的手指被拍落地面，這時搭檔拍了拍他的肩。畢斯可疑惑地抬頭，只見美祿凝視著夜空的一角，靜靜微笑。

「畢斯可，衛星電視說不定還能看喔。」

「怎麼說？」

「你看。」

美祿指向夜空那頭。

明亮的衛星飛在空中，劃出細細的彩虹軌跡，時而閃爍著不同的色彩，似乎正要飛回原本的衛星軌道。

「…………」

「…………」

在場的五人一蟹在這靜謐之中共享心情，無聲地望著夜空中的彩虹。極光粉末從天而降，光芒溫柔地包裹奮戰過後的戰士們，點綴著對他們而言最長之夜的盡頭。

22

以帕烏為首集結至忌濱的義勇同盟軍知道東京危機解除後就態度一變，轉眼間就為了爭奪利益而恢復對立狀態。幸而各縣都必須以重建受損的家園為優先，沒有人發動趁火打劫的侵略戰爭，可謂不幸中的大幸。

兵庫縣獲得都市化現象帶來的附加利益，的場會長為此得意洋洋，但公司內研究都市技術的研究者很快就對偏重兵器的開發體制提出異議，接連獨立為醫療開發或交通開發公司。的場重工因此不再是日本最強的開發公司，而兵庫這座大都市也重建為眾多公司聚集的工業地區。

而在阿波羅白的集中攻擊下首當其衝的日本中央政府，京都府的高層一聽說事件平息便捲土重來，直接以都市化的京都府廳為據點開始重建政府。盤據京都府廳周圍的穴熊一族曾對這些我行我素的政治家提出抗議，但受到東京毀滅的影響，府廳已失去無限再生的特性，他們收了政府一些錢便離開該地，恢復原本的拾荒生活。另一方面，藉著舊文明之力擴大規模的京都府廳，檯面下卻開始流傳一些恐怖故事，例如有人目擊公務員被牆壁吞噬，或被電梯啃食。

京都府廳復權後，針對蕈菇守護者的迫害政策再度興起，但與蕈菇守護者並肩作戰過的同盟軍很清楚他們並非邪惡之徒，因此實際上各縣已經不再迫害他們。不過，蕈菇守護者本來就是個很難與外人相處的民族，所以他們的生活型態和受到迫害時並沒有太大的差異。但能自由進出市街做生意，對於想買漫畫、電影、遊戲機的蕈菇守護者而言是一大福音，愛好娛樂的他們應該會為此感到高興。

另外，全日本此後也將注意到一項劇烈變化正在發生。

東京淪陷當天，宇宙在全日本降下了彩虹粉末。面對這種堪稱自然異變的緊急狀況，現代人聊到這件事時卻只會說：「昨天下了場彩虹色的雪耶！」「誰有心情管雪。」說完就拋諸腦後。之後頂多只有一些末日論者利用這點說：「這是人類滅亡的預兆。」而大部分的人很快就對這個話題失去興趣。

然而從那天起，鏽蝕風所導致的鏽蝕病重症病患開始減少，基於患者自身生命力而痊癒的案例也逐漸增多。

進化蕈菇「七色」的彩虹孢子使日本人漸漸與鏽蝕共存，展開新的生活。受惠的當然不只有人，各種異形生物也很可能進化得更凶猛，然而蕈菇一視同仁，這點人們也莫可奈何。

從鏽蝕枷鎖中解放的生命，之後會創造出怎樣的歷史，任誰都無法預料，其中也不存在善惡。人類、生命只會在不知不覺之中，在新的進化階段，賭上自己的性命向前邁進。

筆者雖然想以此告一段落，暫時作結。

但在結束前，還是想稍微描述，

在這不斷脈動的世界一隅，

將原本橫在人類面前的牆壁，悄悄地，或不自覺地……

像弓箭般貫穿的——

兩名少年。

——這道流星，之後的故事。

「……好，拔掉嘍。消毒完……用這個漱口。」

「熊貓醫生，這樣就結束了嗎？」

「結束了！如果流血就咬著這個綿菇。」

「媽——媽——！我的蛀牙掉了——！」

「不是掉了，是人家幫你拔掉的。醫生，真不好意思，這是費用。」

「我只是幫他做了些簡單的處理……不能收這麼多。」

「真的嗎？那就給您一半吧。」

田隱縣北部有一處受到長野空軍轟炸而燒燬的大型商場，穴熊在那遺跡上蓋了新的營地。畢斯可的貓眼風鏡被美祿扔到大氣層中燒掉了，兩名少年因而來到這裡，拜託穴熊幫忙找新的風鏡。

美祿起初感到相當憤怒，認為畢斯可不該為這種小事拋下與帕烏的新婚生活。但看到畢斯可失去風鏡後因為瀏海遮住眼睛而悶悶不樂的模樣，他覺得自己也有錯，只好陪他來買新的。

「喂，太貴了吧。第二代風鏡怎麼要五萬！」

正在清洗醫療用具的美祿聽見畢斯可嘹亮的聲音。

「小哥，如今貓眼風鏡很珍貴呀。而且這又是古董，你看它做得多堅固，現在的量產品沒辦法做到這樣。」

「我知道，可是這個價格……」

「對你們年輕人來說確實貴了點，可惜政府把懸賞制度改了。」

「哪裡可惜？我才不要去當賞金獵人，太小家子氣了。」

「不需要這麼麻煩。赤星小哥，你只要去自首就能現賺三百萬哪。」

美祿從「巡診！熊貓醫院」的帳篷中探出頭來，傻眼地看著為一個難笑的笑話笑到倒地的畢斯可，以及滿身裝備的穴熊。

「喂，美祿，風鏡要五萬日貨耶。你會買給我吧？」

「咦咦——！我出錢嗎？」

「當然啦，笨蛋熊貓！要是你沒把我心愛的風鏡丟到大氣層，我根本不必再買一個！」

兩人習慣性的鬥嘴被一聲慘叫打斷。

「嗚哇啊——————！」

聲音來自廢墟的另一頭。畢斯可等人趕緊轉頭，只見一隻巨型白色爬蟲類趴在廢墟上。

「那是什麼？變色龍嗎？」

「是變樓龍，牠偽裝成廢墟了！」

異形進化爬蟲類「變樓龍」皮膚上有著酷似大樓窗戶的花紋，牠伸長舌頭抓住兩名穴熊，正準備大口吞下。

「他們都被抓住，已經沒救了。我們快逃吧！」

「……喂，大叔！打倒牠的話能賺多少？」

「咦咦？小哥，你是認真的嗎！」

「美祿！」

畢斯可一喊完，巨大的橘色隕石便「轟！」地落在他身邊，天藍色頭髮在鞍上閃耀。

「走嘍，畢斯可，快上來！」

畢斯可迅速跳上蟹鞍，在美祿駕著芥川時對穴熊大喊：

「我們解決掉牠的話，你就要送我風鏡喔！」

芥川飛奔而出，鞍上的美祿放箭射中變樓龍正準備捲起的舌根，藍秀珍菇「啵、啵！」在牠口中綻放。畢斯可瞥見穴熊們連忙逃離龍口，他的眼神亮了起來。

「這樣也嚇不到牠？果然每種動物都變強了。」

「畢斯可，別太亂來。我們兩個現在都不是不死之身了！」

「沒差，反正我的靈魂還是不死的！」

畢斯可露出亮白的牙齒，拉滿必殺之弓。

如今，食鏽的太陽色孢子像是完成任務般潛回兩人的血液中，不再顯現在弓箭上。但少年體內滾燙的生命之火不減反增，化作眼中的光輝流露出來。

「牠的鏽蝕力很強喔！畢斯可，你行嗎？」

「你當我是誰了！」

「芥川！」

在美祿的韁繩控制下，芥川閃過變樓龍伸來的舌頭，跳了起來。變樓龍抬頭看著天空，紅髮和翡翠雙眸在太陽下閃閃發亮。

「我是『食鏞』畢斯可，是好吃又能變壯的畢斯可！」

咻！

咚。

啵咕！

伴隨著撼動大地的轟響，一朵巨大的杏鮑菇在廢棄商場發芽，宛如要聳入雲霄般高高綻放。

蕈菇就只是——

輝煌綻放溫暖光芒……

照耀善者、

惡者、

虔誠者、
彷徨者、
人類、
動物、
樹木、
昨日、
明日、
今日，以及……
世上所有活著的事物——
與所有已死的事物。
飄灑著閃亮的孢子，像一陣迎接新世界的狼煙。

面對這陣彷彿帶來龐大祝福的粉末，
眾生都看傻了眼，停下腳步……

然後——

很快又失去興趣……

再度邁向各自的明天。

後記

寫作過程中，我有次因為脖子太痛，就戴著護頸去咖啡廳。

結果……

「哎呀客人！你出意外啦？」

「啊、沒有，我只是……」

「辛苦了。沙發區請坐，包包放這邊，特調黑咖啡可以吧？」

「好的。」

「集點卡幫你蓋兩點，保重。一杯特調黑咖啡！」

待遇莫名地好。

我每次都去同一家咖啡廳，當時覺得店員記得我的臉也不完全是壞事。

不過他們私下一定都叫我「護頸男」、「出意外的那個人」吧。

算了。

戴著護頸敲鍵盤的男人，這畫面真有種諷刺社會的感覺，應該也讓人看得心有戚戚焉吧（僅限對旁觀者而言）。

伴隨著這種無謂的小插曲，第三集也順利完成了。

我感慨很深。

和第一集、第二集加起來，有種爬完一座小高山的感覺（我沒有真正的登山經驗，這麼說只是基於想像）。這次的主題是與過去對決，寫完三集後，我心中的過去也徹底用盡了。

當然我每次都不想後悔而盡力書寫，但就形塑一個世界而言，第三集對我來說別具意義。投稿時我對《食鏽末世錄》的構想，已在這三集中全部寫完（說是構想，其實也只是寫在傳單背面的筆記而已……）。

當初設定的結局——是兩名少年在太空中化解危機後，彷彿睡著般停止生命活動，化作流星飛向宇宙，有朝一日會回到地球……這樣的情節。

（這樣不好嗎？很有戲劇性……）

我這麼想著，便將大綱交給責編們。

「這代表他們會死嗎？」

「呃……算是吧……？端看你怎麼想……」

「他們不能死！故事還要繼續！」

我被罵了。

在責編們的全力督促，以及各位讀者的支持下，《食鏽末世錄》確定會繼續下去。

能夠描寫他們之後的故事，我非常高興。

真的很謝謝大家。

然而，寫新故事固然教人興奮，卻也是一大工程。

「過去之牆已然倒塌，尚未開發的未來將永遠延續！」霍普最後這番話，同樣也適用在我的身上。

換言之就是：從過去的輪迴中解放自己，描繪一個新的世界吧！

我怎麼會讓他說出這麼不得了的台詞呢？

不過能讓兩位主角打破一直以來的規則（可能會有人想問「有那種東西嗎？」但其實還是有的）與既有觀念，並在新世界中探險，我個人非常高興也很期待看到他們的表現。

因此。

畢斯可他們藉由這三集，斬斷了與過去的關係……

第一部就此完結。

第二部將於下集拉開序幕

……會是怎樣的故事呢？

敬請期待！（作者背水一戰）

最後——

對於各位支持《食鏽末世錄》的讀者，我謹代表出版團隊致上深深謝意，也請各位繼續以溫暖目光關注主角們今後的表現。

我們下次見。

瘤久保慎司

下集預告
NEXT

監獄都市

「逃吧，就算會被扒個精光也沒差狗子到處都是。」

襄開

神祕植物術「花」波咕！

「你們蕈菇守護者是敵不過我們的……」

食鏽末世錄 4 SABIKUI BISCO

蕈菇術的挫敗
唬波嗡！
「宣判——」

號稱無法逃脫
知名「六道監獄」！

新章

24小時
失控木人
「赤星壹號」

「你……！
對畢斯可做了什麼——！」

「我會將宛如你鮮血的
紅花放進你的棺材裡。」

斧 丸 蛇 ……

之後又過了些時日。

「這一帶原本是大型社區。我們在討論要讓住宅維持原狀，拆除那棟高聳的都市大樓，作為公園用地……」

「我不贊成。這一帶鏞氣流太強，不適合居住。這樣忌濱縣民會失去內心平靜，導致治安惡化，對縣政產生異心。」

「鏞……鏞氣流？」

美祿追在蹦跳的艾姆莉身後，連忙抓住快被強風吹走的計畫書。

「應該要大刀闊斧將這一帶改建為賭場。這裡的風水正好會讓人熱血沸騰，激起人們賭博的衝動。」

「咦咦！整區都改建成賭場嗎？」

「要是不蓋豪華一點，客人也不會想來。」

美祿雖感驚訝，仍在計畫書上狂寫筆記，艾姆莉看著他甜甜一笑。

「請放心，我好歹也是菌神宗的僧正，對於辨別地氣還是很有一套的。」

「我、我當然相信妳！但不知道帕烏會怎麼想……」

「好了，美祿哥哥，我們要在太陽下山前去下一個地點。接下來……要幫蕈菇守護者的神祇……神武十八天挑選寺廟位置。」

巨大都市「東京」的威脅消失後，知事帕烏親自監督重建計畫，整頓半毀的忌濱縣。

「帕烏，重建市街時可以把神佛也納入考量。」

拉斯肯妮和艾姆莉母女倆利用休假長住忌濱，她們在建設計畫進行中提出這個想法。

「現在忌濱是一座族群匯集的大城市，除了其他府縣的移民外，還有蕈菇守護者和霜吹人。這時最不容輕忽的就是宗教問題。」

「是嗎？」

女傑帕烏穿著衣襟大開的套裝，雙手抱胸，理解地點點頭。

「意思是要多蓋幾座佛寺和神社嘍？」

「哈哈，是這樣沒錯，但事情沒有這麼簡單。」

聽見女傑帕烏大而化之的說法，拉斯肯妮不禁失笑。

「寺社的建法也須經過評估。所有宗教、所有神明若未保持在勢均力敵的狀態，很可能招致意想不到的信徒暴動。某個民族的神對其他宗教而言卻是邪神，這種情況絕不少見。」

「這樣啊。妳是維持出雲六塔和平的人，妳都這麼說了，應該不會錯。」

帕烏雖然這麼說，卻一臉嚴肅地瞪著手上的建設藍圖，苦惱地撥起黑長髮。

「話雖如此卻很難辦到。就算請了一位神學家來當顧問，對方也一定會偏袒特定的教派。」

「帕烏姊姊，我們並沒有要給不負責任的建議。」

「艾姆莉，妳的意思是……」

「請讓我們也出點力吧。」

拉斯肯妮將撲來的艾姆莉抱起來，接著說道：

「這幾天我們已經大致掌握忌濱的風水。要是妳不嫌棄，我們想實際走訪各地……協助擬定忌濱的重建計畫。妳覺得如何？」

因此。

為顧及縣民的各種信仰，忌濱政府便決定參考菌神宗的宗教見解，而請她們參與重建計畫。

（就算這樣，我怎麼突然被……）

美祿邊想邊撐住一不小心就會闔上的眼瞼。

這件事對美祿來說太過突然，會疑惑也很正常。帶艾姆莉走訪市街本來是帕烏的工作，但在今天清晨——

砰！帕烏踹開熊貓醫院寢室的門，大剌剌地走了進來。

「美祿！快醒醒。我突然有事，今天的視察工作你能不能代替我去？」

「……帕烏，現在……還是、半夜……」

「抱歉，拜託你嘍！我會買你喜歡的蜂巢仙貝回來的……糟糕，我頭髮有沒有亂掉……好，沒問題。那晚上見！」

「……」

美祿在被窩裡呆呆地看著姊姊面帶燦笑出門。可憐的他早上四點就被叫醒，帶著睡亂的頭髮陪艾姆莉視察，一直到現在。

「美祿哥哥，那裡很適合蓋八咫那天的寺廟喔！」

「呼～～啊……」

「……美祿哥哥！跟我散步就這麼無聊嗎？」

「呼啊？不是，抱、抱歉！」

「……但我也能理解，你看起來就沒睡飽。漂亮的臉都被黑眼圈給毀了。這樣你兩眼都是熊貓……啊，不，這句話……」

「我就當作沒聽到。所以要在西門旁邊，蓋八咫那天的寺廟……」

「不過帕烏姊姊突然要辦什麼事呢？平常只要是職務上的事，她都會排除萬難執行的……」

艾姆莉邊說邊從懷裡的小布袋拿出色彩繽紛的金平糖，塞到自己和美祿口中。美祿嚼著金平糖寫完筆記，伸了個大懶腰後回答艾姆莉：

「她去約會。」

「……咦咦？她去什麼？」

「對帕烏而言，只有兩樣事物優先於工作。一個是我，另一個是新婚生活。」

見到美祿微張嘴巴催促，艾姆莉又丟了顆金平糖進去。

「她要和畢斯可去逛街……這也是因為我對畢斯可耳提面命，要他多陪陪帕烏，他才照做的。」

「逛街……」

艾姆莉眨了眨眼睛，將不小心移位的義眼調整回來。

「當時是早上四點耶！什麼店都還沒開吧！」

「她想花五個小時，提前走走看約會路線……帕烏只要遇到重視的事就會變得很極端，她唯有這點從小到大都沒變過。」

「……無……無論如何……」艾姆莉張著嘴愣了一會兒後，強迫自己回神，僵硬地笑道：「雖然有點極端，但夫妻和睦是好事啊！老實說我有點擔心畢斯可哥哥真的能步入婚姻嗎？這對英雄女傑的婚姻生活在旁人眼裡或許有點奇特……但他們能和睦相處才是最重要的。」

「我也這麼想，艾姆莉。但妳不覺得這樣發展空間有限嗎？」

「美祿哥哥，你的意思是……」

見到美祿有些不滿地搔了搔頭，艾姆莉疑惑地歪頭，這時他們後方——

砰、砰！

明亮的藍天中，只見剛建好的百貨公司牆壁被撞破，有個紅髮蕈菇守護者跳了出來。

蕈菇守護者順勢落在隔壁酒館的屋頂上，迅速護住身體，大衣飄揚在風中，他對百貨公司牆上開出的那個洞喊道：

「喂——！別發飆。妳沒有腦袋喔，不會透過溝通解決問題嗎？」

「對一個不懂女人心的傢伙，說什麼都沒用！」

牆上的破洞響起一陣嘹亮嗓音，洞中出現一名留著黑色長髮，穿著長禮服的女子。她的外貌完美無瑕，唯一不協調之處，只有她手上握著的那根凶猛鐵棍。

「我是蕈菇守護者的妻子，不想用大道理束縛你。我們練武之人就用切磋實力來溝通吧！拿起鐵棍，畢斯可！」

蕈菇守護者拿起女子丟在他面前的鐵棍，一臉錯愕。

「哇咧，什麼鬼，真的要在這裡打嗎？住手，我明白了，都聽妳的……」

「廢話少說！」

長禮服女子像顆流星般撲向慌張的蕈菇守護者，黑髮飛舞宛如黑色旋風，對方連忙以鐵棍應戰，交鋒了一下、兩下。

霍、霍、鏗、鏗！

四散的火花和白晝中響起的鐵棍聲引來路人議論，那條街上瞬間擠滿黑壓壓一片人。

「是知事，他們夫妻又打起來了！」

「這個月真頻繁，已經第五次了吧？」

「也不錯啊，人們都說『知事和打架是忌濱之光』。這次誰會贏呢？是知事還是赤星？大家快來賭一把！」

「我賭赤星，五十日貨！」

「老夫用五十賭知事贏。」

民眾七嘴八舌地在一旁鼓譟，他們後方的美祿和艾姆莉輕鬆跳上街道對側的屋頂，遠觀這場實力相當的龍虎之爭。

「真是的！怎麼會這樣？夫妻打得你死我活，實在太不尋常了。一定是有什麼誤會……美祿哥哥，得阻止他們！」

「沒事，這是家常便飯。」

「咦咦咦！」

美祿表情曖昧地搖了搖手，艾姆莉訝異地望向他。

「那兩個人若有意見不合的地方，全靠打架來做決定。他們自己覺得這樣理所當然，但世上哪有這種夫妻呢？他們的未來真教人擔心。」

美祿語氣有些疲憊，但他那受過畢斯可鍛鍊的戰士目光卻離不開那兩人精采的打鬥場面。

帕烏的鐵棍連萬分之一的失誤都沒有，堪稱完美的棍術。就算在特技般的姿勢下，她也能從最短距離揮出力量扎實，快如閃電的一擊。

帕烏閃過畢斯可攻擊後使出的招式，招招都變化自如。她的攻擊在面部、腹部、手腕、足部之間來回，不讓對手防禦特定部位。

另一方面，搭檔畢斯可的身手也不遑多讓……

這只能說是天賦使然。

畢竟他除了弓箭外就只用過短刀，連他拿手的體術也是憑著野性發展出的獨特技法。面對全日本頂尖的棍術好手帕烏，畢斯可用鐵棍不可能打贏她。

但畢斯可卻打破這個不可能……

他僅靠力量和直覺操縱鐵棍，與帕烏交手起來卻能勢均力敵。這樣的打鬥看在熟悉棍術的人眼裡，反而覺得奇特而難以理解。

其原因可能只有美祿和他師父賈維才明白。因為畢斯可在「打鬥」這個原始行為上的才能已經達到神的境界。帕烏散發的氣場中，他僅憑呼吸的變化就能本能地「知道」她下一個動作。即便失去食鏽孢子的力量，畢斯可與生俱來的直覺還是一點也沒衰退。

「到、到底誰會贏呢……？」

就連最初擔心不已的艾姆莉，見到眼前這幕超高速交鋒也不禁傾身向前，屏息關注。

「喝啊——！」

尖銳咆哮響起，帕烏的鐵棍橫掃而去。畢斯可立起鐵棍抵擋攻擊，這一擊卻將他的鐵棍「啪！」地敲扁。

「哇！」

「納命來，畢斯可！」

觀眾們心想她總不能取丈夫性命吧，帕烏才不管觀眾怎麼想，她將畢斯可逼到屋頂邊緣，朝著對方的頭狠狠揮下棍棒。

「勝負已定嗎？」

「姊姊贏了！趕緊把他們……」

「冷靜點。妳看，艾姆莉。」

美祿遠遠就能看見畢斯可的翡翠雙眸犀利亮起。他憑著天生宛如閃光的瞬間爆發力，像條蛇一樣迅速趴伏在地，在危急之際從帕烏兩腳之間滑出去。

「什麼……唔、喔喔！」

帕烏的雙手感受到一陣「啪滋啪滋！」的衝擊。她的鐵棍通過畢斯可原本站的位置，插進酒館的招牌中，閃亮燈飾上的電流全都導到她身上。

「唔、嗚嗚！太大意了！」

「到此為止，帕烏！」

鐵棍從帕烏手中滑落，畢斯可擦著額上的汗水，用鐵棍指著她說：

「再怎麼說妳都太衝動了！我雖然答應過輸了就聽妳的，但妳怎麼每次都這樣！」

「什麼嘛，老公。你那口氣就像贏了一樣。」

「咦，因為我剛剛已經……！」

帕烏撥了撥散亂的頭髮，帶著自信笑容大步走向畢斯可，用手指輕輕彈了一下自己面前那根鐵棍。

一陣「啪、啪！」的碎裂聲響起，畢斯可的鐵棍出現大片龜裂，裂痕迅速遍布整根棍子，最後棍子「砰！」地炸得粉碎。

「唔喔喔？」

「我應該說過，我的棍術是不殺之術。和你對打這麼多下，全是為了粉碎你的棍子……當你用棍子接住我的橫掃攻擊時，勝負就已經確定。」

帕烏自信滿滿地說完，街上攢動的群眾便齊聲歡呼。

「哇啊！今日贏家是知事！知事打贏赤星了！」

帕烏向歡呼的群眾揮手致意，一旁的畢斯可茫然地看著雙手。

「可惡，我不服……嗯？那妳剛剛那句『納命來』是怎樣？當時妳不是就已經贏了嗎……」

「能夠一雪初次見面時的恥辱，我心裡痛快多了。」帕烏完全不理會丈夫的問題，只是笑容滿面地看著他。「這次算我贏了，蜜月旅行確定是十天九夜嘍！只要跟你在一起，到哪都沒關係……我雖然很想這麼說，但你也該學學怎麼取悅妻子才對。期待看到你安排的旅遊行程喔！」

「咦咦！你們打成那樣，就為了蜜月旅行？」

「別說得好像我有錯！誰教帕烏突然生氣……如果用弓或短刀我就贏了，真不公平，用什麼鐵棍！」

「問題不在輸贏！告訴我詳細的來龍去脈。」

晚上，美祿拉著畢斯可到鱷魚包子的攤位上吃飯，要針對白天那件事對他說教，順便問出事情的始末。

搭檔吃著鱷魚包子說明，再加上美祿的解讀，大概是這麼回事：

畢斯可根據貓柳美祿著《帕烏應對手冊》第21頁的內容，對帕烏說：「明天我們去逛個衣服，順便看場電影吧（語氣平板）。」因為丈夫冷淡的態度而悶悶不樂的帕烏聽了雀躍不已，便蹺掉工作為約會做準備。

帕烏叫醒弟弟，將艾姆莉塞給他後，經過縝密的調查本來想陪畢斯可逛街，沒想到畢斯可卻被忌濱百貨的木雕體驗吸引，花了三小時雕出一尊風格奇特但還滿好看的炎彌天木像，讓帕烏在一旁苦苦等候，因此她仔細安排的約會行程就這麼泡湯了。

「所以帕烏就生氣了？」

「她一點都沒生氣。我給她看木像，她還很開心耶。」

幸虧帕烏有著堅毅的武人精神，她完全理解嫁給蕈菇守護者是怎麼回事，做足了心理準備，當時她決定忍耐下來，只要丈夫高興就好。

衝突是發生在後來他們和旅行社討論行程的時候。

「我不知道幹嘛要旅行。」

畢斯可吃完鰻魚包子，又加點：「大叔，再來一份。」美祿不知如何反駁，表情有些複雜。

「我們不是一直在各地冒險嗎？甚至很少長住在同一個地方。我不知道為什麼要特地花錢，走人家規定的行程。」

「呃、嗯，對我們來說或許是這樣沒錯……」

「所以我就說我不要去啊，結果她就突然暴怒，說什麼『明明新婚卻不去旅行，你還真有膽說這種話！走，去外面！』我根本來不及去外面，直接被她撞破牆壁扔出來。」

「然後就一如往常打起來了？」

「嗯。」

夫妻一言不合就用打架解決問題，乍看是很離譜的行為，但他們決定勝負後就不會再吵吵鬧鬧，因此美祿最近漸漸看開了，覺得「這兩個人就是這樣」。

「不過輸就輸了，這也沒什麼。我就跟她說好啦去哪都行，隨便她。她卻說：『你玩得不開心就沒意義了，你安排完行程再跟我報告。』」

「那不是很好嗎？去你想去的地方就好啦。」

「喂，我們和芥川在日本繞幾遍了？事到如今我哪有什麼想去的地方！」

顧慮到姊姊那顆充滿期待的纖細女人心，美祿覺得自己有義務趁現在開導搭檔，但這件事難度極高。

畢竟食人赤星的心，全是由強菇、強弓、有趣的漫畫等三要素構成的。他雖然是個正值青春期的少年，卻對這種戀愛小細節或微妙的男女相處之道完全沒有概念。

帕烏曾有一次氣得向弟弟抱怨：「那傢伙根本把妻子和訓練對手搞混了。」美祿從中也能看出這段毫無情調的新婚生活會是什麼樣貌。

「我、我說畢斯可，身為弟弟說這種話有點怪，但你也該那個、多把帕烏當女人……」

『插播緊急消息。』

美祿話說到一半卻被電視中的新聞快報打斷。

『山口縣防府市的防府天滿宮與其四周，遭到凶惡的恐怖分子破壞。從空拍畫面可以看見火勢不斷竄升，現場煙霧瀰漫。』

「哇啊，這是怎麼回事？有夠慘的。」

鰻魚包子攤的老闆看見電視上的淒慘景象，不禁皺起眉頭。

「山口是我的故鄉。客人，我可以轉大聲一點嗎？」

「好啊……哇，真誇張，森林一片火海。」

畢斯可受老闆影響，注意力完全被新聞拉走。美祿的話題被打斷，也只好憤憤地轉向電視。

『根據目擊者的證詞，那名恐怖分子全身穿著紅色盔甲，身材高大，盔甲上還披著黑色披風。他沒付入館費就逕自向八咫那天的神像祈禱，住持告訴他「不能穿著這樣可疑的裝扮祈禱」，他被這句話激怒，竟拿出私藏的火砲到處亂射……』

「天滿宮不就是供奉八咫那天本尊的地方嗎？竟然把那裡燒掉，那傢伙會遭天譴的，他的族人也會受到嚴重牽連。」

「畢斯可，等等。全身紅色盔甲的，不就是……」

『這是犯人從現場向西逃亡的畫面，據推斷他可能會逃往九州。附近居民應保持警戒……啊、我們剛剛收到恐怖分子犯案時被拍下的照片。各位看得見嗎？再放大一些……』

「他戴著頭盔，放大了也沒用啊。總之最近有凶惡逃犯出沒，看來還是暫時別去西邊好了。」

「……」

「客人？」

畢斯可和美祿看著畫面上放大的恐怖分子照片，兩張呆掉的臉上如瀑布般汗水直流。

神武十八天之一的八咫那天著火的神像背後，有個全身鋼鐵的恐怖分子站在搖曳的火焰中瞪著攝影機。

那正是在都市化的兵庫，以畢斯可的血造出的唯我獨尊破壞兵器……

「赤星壹號」！

「怎麼啦？包子沒熟嗎？要不要幫你們換？」

「不、不是的，大叔謝謝您……錢在這……不用找了。」

「嗯？你們怎麼啦？謝謝，下次再來啊。」

兩名少年滿頭大汗地快步離開攤位，衝進巷子裡。美祿確定四下無人後，抓起搭檔的脖子大力搖晃。

「所以！我不是說了嗎！我就知道會出事！赤星壹號是支失控的箭，它跟你不一樣，沒有師父帶領。你想想如果沒有賈維，你會怎麼樣！」

「唔唔！」

理直氣壯的責備如快速直球般投來，畢斯可啞口無言，視線來回游移。

「我知道你覺得它很可憐，它一定也覺得人類怎麼可以隨意拋棄我。所以我很想跟它談談，雖、雖然我沒有跟機器交談過……」

「算、算起來……」

美祿雖然也冒著汗，但畢斯可的汗出奇地多，大概是美祿的三倍。他勉強從喉嚨擠出聲音說：

「算起來它是用我的血造出來的，我們稱得上是血親。要、要是親人破壞神武十八天的本尊，我在地獄也會受到嚴重的懲罰……」

「……什、什麼血親，畢斯可，你也跳太快了吧……」

「等等，剛剛新聞說它往九州逃了？」

畢斯可想起什麼似的忽然抬頭，刻不容緩地在夜晚的忌濱巷弄中像風一樣跑起來。

「畢斯可！你怎麼了？」

「糟了，得趕緊阻止它！九州大分有播兔穗天的本尊！」

「播兔穗天？」

「是婚姻之神！」畢斯可對著緊追而來的搭檔喊道：「我和帕烏在交換誓言的儀式上，也是經過播兔穗天允許才能結為夫妻的。要是我的親人破壞神像，我們就會被迫離婚！」

「咦咦、不會吧！」

「我感覺不到芥川，牠在哪裡？芥川——！」

畢斯可在夜晚的忌濱街頭喊了一聲，一陣風隨之颳起，一道八隻腳的巨大身影「轟！」地落在廣場的石板地上。

「芥川！抱歉打擾你休假，我們突然有事……」

「嗨，美祿、畢斯可！」畢斯可正準備跳上蟹鞍，上頭卻傳來悅耳女聲。

「芥川突然跳起來，嚇我一跳。原來是你在叫牠。」

「哇咧！」

「帕烏！」

「我不好意思總讓老公操縱韁繩，所以最近下班後都會像這樣找芥川陪我練習。」

黑髮在夜風中飄動，穿著騎士服的帕烏燦爛一笑。

「你們吃過晚飯了嗎？要不要一起……」

「呃，我們、那個……」

「喂，帕烏！」

畢斯可瀟灑地躍至愣住的妻子身邊，對她說道：

「我們現在就出發，去大分參拜播兔穗天。」

「出發……咦咦、現在？怎麼這麼突然！」

「我想好蜜月旅行的行程了！」

帕烏被這突然的告知嚇了一跳，畢斯可貼近並望向她的眼睛，堅定地說：

「我想去九州參拜神武十八天中的五天，祈求子孫身強體壯、擁有戰士之魂吧。怎麼樣，要不要來？」

「……子孫、身強體壯……！」

帕烏像被畢斯可的目光釘住般，表情逐漸轉為陶醉。

「我當然願意去……老公……」

帕烏陶醉地垂下眼瞼，畢斯可隔著帕烏和搭檔對上眼，兩人都滿頭大汗地點點頭。美祿知道畢斯可之所以眼光銳利只是因為內心著急，但他把這件事偷偷藏在心裡不讓帕烏察覺，溜進芥川的背包中。

「若是這樣，我也顧不得工作了！好，去九州吧，踏上我們愛的旅程！」

「喂，帕烏。妳有帶鐵棍嗎？呃、因為，我們還是有可能遇到敵人。」

「當然嘍。重要的蜜月旅行，我怎麼忘了鐵棍呢。」

（到底為什麼……）

芥川猛然起步，那陣躍動掩蓋了美祿傻眼的低語。

就這樣，為了阻止「赤星壹號」擾亂社會的暴行，芥川載著豪傑夫妻和他愛操心的搭檔出發……芥川自己倒是一點煩惱也沒有，活蹦亂跳地穿過忌濱的大門。

同一時間。

某個昏暗的房間，裝滿藍色藥水的圓筒狀容器中……

（赤、星。）

如胎兒般蜷縮的細瘦身體動了一下。

「……又來了。不行，還不能起來……」

面容被黑影遮蔽的白袍男子邊走過去邊低聲說道：

「等你身體長好之後，我會讓你盡情復仇的。現在只管休息吧……」

白袍男子操作完容器的閥門，藥水的顏色隨之漸漸變深，那層血管明顯且剛形成的皮膚也漸漸隱沒在藍色之中。

（赤……星……）

然而，那雙眼睛。

唯有那雙在漆黑中閃耀的眼睛從未閉上，在藍色容器中燦爛發光……

像是想著某件事般，一直燃著黑色的火焰。

【待續】

86—不存在的戰區— 1~6 待續

作者：安里アサト　插畫：しらび

不戰鬥，便無法生存下去。
但是戰鬥與生存，並非同義。

高傲不屈地戰鬥然後死去……他們原本以為如此，相信如此。化作枯骨的「西琳」們的身影，蔑視他們「八六」發誓貫徹的生存方式，認為那不過是一種癲狂——在這當中，賭上聯合王國命運的「龍牙大山攻略戰」無情地揭開序幕……！

各 **NT$220~260/HK$68~87**

KAZUTOSHI MIKAGAMI 2017

瓦爾哈拉的晚餐 1~5（完）

作者：三鏡一敏　插畫：ファルまろ

正面挑戰詛咒命運——
「輕神話」奇幻作品迎來最高潮！

我是山豬賽伊！在上一集我的祕密終於揭曉。原來我是會對所見之物激發占有欲，並會殺害得手者的詛咒戒指……幸好目前詛咒還沒有發動的跡象。而且這種時候往壞處想也無濟於事！我的優點就只有精力充沛和死後復活而已！可不能在這時灰心喪志啊……！

各 NT$180~220/HK$55~68

國家圖書館出版品預行編目資料

食鏽末世錄. 3, 都市生命體「東京」 / 瘤久保慎司作 ; 馮鈺婷譯. -- 初版. -- 臺北市 : 臺灣角川, 2020.06
　面； 　公分. -- (Kadokawa fantastic novels)
譯自 : 錆喰いビスコ. 3, 都市生命体「東京」
ISBN 978-957-743-820-1(平裝)

861.57 　　　　　　　　　　　　109005100

Kadokawa
Fantastic
Novels

食鏽末世錄 3
都市生命體「東京」

（原著名：錆喰いビスコ3 都市生命体「東京」）

2020年6月17日　初版第1刷發行

作　　者：瘤久保慎司
插　　畫：赤岸K
世界觀插畫：mocha
日版設計：AFTERGLOW
譯　　者：馮鈺婷

發 行 人：岩崎剛人
總 經 理：楊淑媄
資深總監：許嘉鴻
總 編 輯：蔡佩芬
編　　輯：高韻涵
美術設計：莊捷寧
印　　務：李明修（主任）、張加恩（主任）、張凱棋

發 行 所：台灣角川股份有限公司
地　　址：105台北市光復北路11巷44號5樓
電　　話：（02）2747-2433
傳　　真：（02）2747-2558
網　　址：http://www.kadokawa.com.tw
劃撥帳戶：台灣角川股份有限公司
劃撥帳號：19487412
法律顧問：有澤法律事務所
製　　版：尚騰印刷事業有限公司
ＩＳＢＮ：978-957-743-820-1